AF405386

La coctelería

Francisco N. Morujo

Francisco N. Morujo

LA COCTELERÍA

Primera edición.
La coctelería.
© 2023, Francisco N. Morujo.
© Libros y literatura SL
www.librosyliteratura.com
contacto@librosyliteratura.com
© Corrección: Víctor J. Sanz.
© Diseño de portada e interiores: Marta Fernández.

Impreso en España.

ISBN: 978-84-126786-3-5
Depósito Legal: 129-2023

Estas líneas suelen destinarse a advertir a los desaprensivos que ni el contenido ni la cubierta de este libro pueden reproducirse sin permiso del editor, pero de poco sirven porque casi nadie las lee, y si algún despistado lo hiciera, podría incluso darle ideas. Así que si estás leyendo esto es que perteneces a ese grupo de lectores voraces que leen hasta las instrucciones de los abanicos. Por eso nos gustaría recompensar tu interés revelándote aquí el secreto de la existencia o alguna otra de las variopintas incertidumbres que afligen al ser humano. Por desgracia, ya no nos queda espacio.

A mi padre,
por enseñarme el amor
y la constancia en el trabajo.

Todos los lugares mencionados en el texto son o han sido reales en algún momento, no así los personajes ni las tramas. Si en algún momento de la lectura te sientes identificado con alguno de ellos es porque mientras escribía recordé algún buen momento vivido contigo.

ÍNDICE

Introducción

Cuando abrió los ojos, el AVE procedente de Valladolid partía tras una breve parada en la estación de Segovia. En menos de media hora estaría apeándose del tren en la estación de Chamartín. El sueño de toda su vida iba cogiendo forma de realidad inminente y Alba Garrido, por fin, iba a ejercer de aquello que siempre había soñado con ser: policía nacional.

Natal del Burgo de Osma e hija única en una familia humilde del pueblo, su padre, que dirigía con éxito una nave de crianza de pollos para el consumo de carne, y su madre, que trabajaba en el balneario de la ciudad, siempre procuraron el mejor porvenir de su única hija.

Salió muy pronto del pueblo para irse a estudiar y trabajar a Valladolid. Desde una edad muy temprana sentía admiración por la Policía Nacional y había empezado a preparar la oposición. Ante la opinión en contra de sus padres, había dejado sus estudios una vez terminado el bachiller para ser vigilante de seguridad, trabajo que compaginó durante tres años hasta aprobar la oposición a la Policía.

Antes solo había estado una vez en Madrid, una excursión organizada por la peña Los Pajaritos al estadio Santiago Bernabéu para ver en directo en el coliseo madridista un partido entre el

Real Madrid y el Numancia, equipo de referencia en las tierras sorianas de donde ella venía. Pero en su nuevo viaje llegaba para quedarse.

Bajó del tren y cogió un *cabify* advertida de la picaresca de algunos de los taxistas de Madrid, que sin duda perjudicaba a la fama y al negocio de la gran mayoría. Se dirigió al apartamento donde iba a alojarse y, una vez dejadas allí sus cosas, fue directamente a la a Ciudad del Automóvil de Leganés. Allí le esperaba el regalo de sus padres por su reciente veinticuatro cumpleaños, un cochecito eléctrico que le sería muy útil en la gran ciudad.

Recogió el coche y con mucha decisión lo ajusto a sus medidas y puso el GPS con dirección a la que sería su primera comisaría como policía en prácticas. Situada en el centro, en una calle angosta paralela a la Gran Vía y a pocos metros de la plaza de España, la comisaría de Leganitos es un establecimiento policial mítico para los lugareños de la zona, si es que en Madrid queda aún algún lugareño.

Durante el trayecto, llena de emoción y alegría, no podía imaginarse las aventuras que le esperaban.

1
La coctelería

Había hecho ese recorrido millones de veces. Bajo por la calle Leganitos, hasta el metro plaza de España, giro a la derecha y a cruzar la Gran Vía por el semáforo para enfilar después la subida de la calle Reyes hasta llegar al ascensor del metro. Después de tantos años desconocía si eso era plaza de España o Noviciado, pero lo que tenía claro era que allí, enfrente de ese ascensor estaba el mejor bar de la zona. Daba igual la hora del día —o de la noche—, al final, Richard, un inglés afincado en Madrid y propietario del bar, siempre sabía qué ofrecer.

La coctelería, como le gustaba decir a Richard, estaba cerrada y Richard, jubilado, viviendo su vejez en la Costa del Sol como tantos ingleses. Sin embargo, el inspector Goycoechea llevaba varios días haciendo una y otra vez el recorrido de siempre. Cruzaba por la calle y por la estación del metro, rodeaba por otras calles adyacentes e incluso era capaz de bordear todo el barrio entero, si encontraba algún novato dispuesto para llegar a aquel lugar en el coche patrulla, porque Goycoechea debía ser el único policía del mundo que no sabía conducir.

Estudiaba todo, cualquier callejón, cualquier acceso, cualquier escondite por recóndito que este fuera. Escudriñaba cualquier esquina o resquicio que pudiera haberle pasado inadvertido en la vuelta anterior.

«Coches, personas, locales…; cualquier cosa podría ser útil en estas circunstancias», se decía a sí mismo. Pero una y otra vez volvía a la oficina frustrado, quizá desanimado por no haber obtenido resultado alguno.

Absorto en sus pensamientos, removía papeles y trataba de descifrar lo indescifrable una y otra vez y, al final, siempre el mismo resultado: «Cristo del Gran Poder, ¿qué coño es esto?».

Todos en la comisaría le respetaban y sabían que cuando el inspector Goycoechea fruncía el ceño más de la cuenta o su rostro era demasiado serio, era mejor no dirigirse a él pasara lo que pasara. Sentado en su oficina y mirando al techo, ese viejo techo con luces fluorescentes de las que ya no se utilizan, algunas de ellas fundidas desde hacía años, intentaba ordenar las ideas tecleando en su vieja máquina de escribir Olivetti 33. Viéndole por una cámara oculta, nadie creería que ya hacía dos décadas que estábamos en el siglo XXI. Le gustaba tenerlo todo escrito en una especie de diario que hacía de cada caso en el que trabajaba y que archivaba cuidadosamente; lo hacía desde el inicio de su carrera.

Había resuelto miles de casos, más fáciles, más difíciles, más cruentos, pero… «ahora mismo estoy metido en una novela de un escritor malo que no sabe cómo proseguir», pensaba para sí mismo mientras sonreía cuando en ese pensamiento se veía siendo «el profesor Langdon en una de Dan Brown».

—¡AY…! ¡¡Ya me gustaría!! —dijo esta vez en voz alta y suspiró.

Media comisaría le miraba atónita. Le miraron, pero nadie se atrevía a decirle nada. Tan solo el comisario, de vez en cuando, se acercaba para preguntarle si había obtenido algún dato nuevo, alguna buena nueva de la que poder presumir y contársela a sus superiores o quién sabe si a la prensa. Goycoechea no contestaba en la mayoría de las ocasiones, solo su gesto valía para que el comisario supiera que la pregunta no tenía respuesta o que si el inspector respondía sería un sutil: «Váyase usted a tomar por el culo, señor comisario».

De repente, sonó el teléfono.

2
Goycoechea

Lo que peor llevaba de su trabajo era no poder resolver un caso. Esa viuda, ese hijo, ese padre… No poder darles explicaciones ni entregarles un culpable cuando habían perdido de forma abrupta a un ser querido era una idea que aterraba al inspector Miguel Goycoechea.

Un hombre de Dos Hermanas, andaluz en todo menos en su apellido. Su bisabuelo había caído por casualidad en Sevilla y decidió cambiar la lluvia del norte por el sol que manda en el sur. Y allí estuvo y aún estaba su familia, a excepción del bisnieto que trabajaba en la capital.

Había pocos vascos en Sevilla, pero la familia de nuestro inspector cumplía con creces los ocho apellidos vascos, se habían emparentado entre ellos como si pensaran fundar el filial del Athletic Club de Bilbao.

Alto, vigoroso y todo lo en forma que le permitían estar su trabajo y su edad, porque ya peinaba canas. A punto de jubilarse, soñaba con volver a Dos Hermanas en su retiro, quizá allí y ya retirado de toda actividad, consiga echarse novia o novio, que nunca se sabe, y formar la familia que no había podido volver a tener desde que separó.

En su quehacer como agente del Cuerpo Nacional de Policía era como una especie de reservista. Tenía carta libre para hacer cuanto quisiera mientras no fuera necesaria su actuación.

Hombre prudente y cauteloso, con tesón y un conocimiento de la psique del delincuente digno de las series americanas, solo contaban con él como último recurso cuando el resto de los investigadores no eran capaces o cuando la situación era tan rara que hacía falta una visión más propia de un chamán o un vidente que de un policía.

Renegaba de los nuevos métodos, pensaba que no sabían investigar sin ADN, sin pruebas científicas, en fin, reclutando hechos y testigos como tantas veces él había hecho, atando cabos en una pizarra.

De nuevo le habían llamado y sus miedos volvían a escena. El Ducados le ayudaba a llevarlo mejor.

3
Una llamada

—Inspector Goycoechea, dígame —contestó al teléfono, llevaba años haciéndolo así.

—*Camarero Richard, jubilado* —contestó una voz jocosa al otro lado del teléfono, seguido de una amplia carcajada—. *¿Cómo estás, Michael?* —prosiguió la voz en un espanglish de Carabanchel digno de envidiar.

—Jodido —espetó el policía—, te he llamado lo menos setenta veces en tres días. ¿Dónde coño te metes?

—*Oh, my friend, aquí vivo muy* trancuilo, *no estoy pendiente del teléfono, ¿alguna novedad?*

—¿Trancuilo? —el inspector no salía de su asombro—. Te juntas mucho con ingleses por allí, se te está olvidando hablar.

—*Ja, ja, ja... Me he echado novia.* —«Que ya es hora con 63 años», pensó el policía—. *Y, claro, el idioma lo sufre, pero... no creo que me llames con tanta prisa para cotillear mi vida. Además, Michael, te conozco desde que bebías Licor 43 con naranja. Te noto nervioso.*

Era cierto, allá por el año 82, en plena movida madrileña, el inspector tomaba esa bebida tan exótica que era algo así como masticar azúcar. Fue de los primeros clientes de la coctelería, así era como llamaba Richard a aquel bar ambientado como un pub inglés, de los primeros que hubo en Madrid. La coctelería pronto triunfó en aquellos años locos, y se dice que muchos artistas pasaban por allí, también políticos y gente de malvivir. Ambos eran dos veinteañeros que venían a comerse Madrid o lo que les pusieran por delante.

—Richard… —murmuró Goycoechea, dejando después un silencio tenso más propio de un concurso de televisión que de una conversación telefónica con un amigo.

—*Fuck!!, Michael, me estás asustando, habla de una puta vez* —dijo el camarero, perdiendo un poco la paciencia.

—No grites, coño, y escucha atentamente —respondió el inspector con voz acongojada e intranquila—. Ha aparecido un cadáver en la coctelería.

—*¡¿Cómo?!* —dijo Richard entre exclamación y pregunta.

«Eso digo yo: ¿cómo? —pensaba el inspector—. Nada forzado, nada roto, ningún testigo. ¡Ningún testigo en la Gran Vía!, ¡¡por el Cristo del Gran Poder!!».

—*Querido amigo, antes de irme de Madrid dejé la gestión del local a una empresa para que lo alquilara a buen precio y a buen inquilino, ya sabes…*

—¿Cuántas llaves hay?

—*Solo la que ellos tienen y la que tengo yo en mi poder, aquí conmigo.*

—Pues tenemos un problema —zanjó el inspector despidiendo la conversación.

Y vaya si lo tenían, un cadáver en mitad de Madrid, en un local en reformas desde hacía varios meses, dejado allí quién sabe cómo o asesinado allí mismo —aún no había autopsia definitiva— a plena luz del día.

Sin testigos —esto hacía encenderse al inspector—, nadie ha visto nada en Madrid, Gran Vía, entre las 14:00 y las 15:30 de la tarde.

—Inspector, le están esperando.

—Gracias, esto…, perdona, pero no sé tu nombre.

—Garrido, señor, agente Alba Garrido.

4
Emma

—Señorita Garrido.

—Dígame, señor inspector.

—Me gustaría alguien que hiciese de testigo de esta conversación, ¿le importa acompañarme?

—Por supuesto, ese es mi trabajo, pero… —dijo, haciendo un inciso en la conversación, entre nerviosa y molesta.

—Dígame, señorita —apuntó el inspector.

—Veamos cómo se lo digo sin ser grosera. —Tanta incertidumbre corroía al inspector en su fuero interno, era curioso por naturaleza—. Como me vuelva usted a llamar señorita, le cruzo la cara.

—Entonces te llamaré señora —zanjó Goycoechea mientras esbozaba una sonrisa.

Garrido se ruborizó ante la respuesta, pero la entendió de forma cómplice, estaba segura de que haría buenas migas con ese inspector del que le habían dicho que era un tipo raro.

Mientras discurría la conversación, en el despacho de al lado, una joven miraba al infinito mientras se comía las uñas. Intentaba tranquilizarse, pero era imposible ante la situación generada. Se encontraba sola, en un despacho de una comisaría, a la espera de un misterioso inspector que tardaba más de la cuenta y, lo mejor de todo, sin saber por qué.

La llamada había sido escueta, muy concisa, con instrucciones muy claras: «Preséntese lo antes posible en la comisaría y pregunte por el inspector Miguel Goycoechea». Había pasado poco más de media hora desde ese momento hasta que llegó a la oficina policial y ahora llevaba otra media hora esperando. Parecía que llevaba esperando tres días; el tiempo era eterno hasta que, por fin, se abrió la puerta.

—Seguro que no le han ofrecido a usted ni un café —fue el saludo del inspector, que apuntilló—: Hay que joderse, parece que los pagan de su bolsillo.

Goycoechea volvió a salir dejando a las dos chicas en el despacho, mirándose ambas con cara de póker, sin saber qué decir. Ninguna de las dos tenía la más mínima idea de lo que hacían allí ni de adónde habría ido el policía que había convocado esa misteriosa cita. Al menos Garrido estaba trabajando, pero la citada estaba allí y sin saber por qué ni para qué.

Al cabo de unos minutos, regresó el inspector. Traía en sus manos tres cafés, o lo que fuera aquello que salía de la máquina. «Si eres capaz de tomarte un café de esos y salir ileso, te dan la medalla al mérito policial», decían medio en broma, medio en serio los que allí trabajaban.

—Tomad, no es lo de Colombia, pero nos valdrá para distender un poco el ambiente. —Las dos chicas se miraban atónitas—. En primer lugar, quiero decirle que no se preocupe. No está usted aquí porque sea sospechosa. —«Al menos de momento», pensaba—. Ni siquiera porque creamos que sea testigo de nada. Sencillamente, necesitamos alguna información y creemos que usted nos la puede proporcionar.

La invitada suspiró profundamente al oír estas palabras. Dio un sorbo al café o lo que aquello fuera y se relajó.

—Antes de que me digan nada, me gustaría preguntarles algo. Está usted hablando en plural, quiero decir, ¿cuánta gente está detrás de esta movida?

—No se preocupe, solo yo por el momento y, después de esta conversación, mi ayudante, la agente Garrido, aquí presente. Estese usted tranquila señorita Emma.

La invitada demudó el semblante al oír ese nombre. No se llamaba así. Digamos que era un nombre artístico, el nombre artístico que utilizaba para costearse sus estudios de ADE, en una universidad privada sin renunciar a todo lo bueno que ofrecía Madrid fuera caro o barato. Ese nombre le permitía comprar en El Corte Inglés o acudir cada quince días a los palcos del Santiago Bernabéu, pero eso nadie lo sabía o… eso pensaba ella.

Por su parte, la agente Alba Garrido volvió a sonrojarse al escuchar que era la ayudante del inspector. Acababa de llegar a Madrid y ya le habían dado un cargo. No sabía si eso era bueno o malo, pero era un cargo, al fin y al cabo. Y además se lo había dado el inspector más raro pero el más eficaz de la brigada de homicidios.

—Perdone —dijo la tal Emma—, pero yo…

—Sé que no se llama usted Emma, su nombre es Aránzazu o Arancha, depende de quién la llame.

Llevaba ya el inspector muchos años haciendo este tipo de cosas. Era perro viejo. Decir lo que sabía de alguien sin mencionar absolutamente nada de lo que sabía hacía que el interlocutor dudará de todo y evitara omitir ningún detalle o mentir al respecto. Esto le había hecho resolver muchos casos, conseguir muchas y valiosas informaciones y sobro todo ganarse el respeto de los cuerpos policiales de medio mundo. Era un tipo listo, sin duda.

Dicho esto y sin más dilación, soltó sobre la mesa dos fotos. Emma escupió todo el café sobre ellas al verlas. Palideció. Le faltaba el aire. Tardó varios minutos en reaccionar después de ver aquello.

Garrido intentaba ayudar, sin saber muy bien que hacer. Estaba superada por la situación, pero en su interior sabía que cuando una es policía debe saber qué hacer en esos casos. Aparentaba tranquilidad, aunque en su interior el corazón latía disparado como si estuviera corriendo la maratón de Nueva York.

—¿Qué sabe usted de este hombre?

—Poco y a la vez mucho. Era un amigo.

—¿Un amigo? —Al inspector lo que más le molestaba era que intentaran edulcorarle la realidad—. ¿O un cliente?

—En realidad era una especie de *sugar daddy*. Quedábamos varias veces al mes, me hacía regalos. Me invitaba a sitios de lujo. Me regalaba cosas. No sé ni a qué se dedicaba ni lo que hacía, nunca me lo dijo. Era muy celoso de su intimidad. Lo único que puedo asegurarle es que estaba divorciado y que tenía dos hijos, ambos mayores que yo. No sé más… De verdad.

—Iré al grano —el policía cambió el tono y el gesto—: ¿Mató usted a este hombre?

—Mire usted, soy joven, pero no soy idiota. Este señor me proporcionaba todos los meses dos o tres mil euros, entre unas cosas y otras. Matarlo sería como cerrar un negocio boyante, matar a la gallina de los huevos de oro. ¿Puedo irme?

—Sí, nos ha sido de mucha utilidad. Gracias.

No había dicho la invitada nada nuevo. El inspector sabía o por lo menos se imaginaba todo lo que ella había contado. Desde su sueldo Nescafé hasta la edad de los hijos de la víctima.

«Emma o Aránzazu o como se llamara hace servicios de acompañante a señores solventes. Así se paga sus estudios. No tiene un chulo que le saque el dinero o la obligue, es totalmente independiente. Tampoco es una prostituta al uso, puesto que no ofrece sexo, aunque a veces si lo haya, sino solo compañía». Tenía claro Goycoechea que ella no había sido, y no solo por la declaración anterior, sino por el resto de los detalles.

—¿Cree que dice la verdad? —interrumpió Garrido al inspector que se hallaba absorto en sus cábalas y pensamientos.

Le tiró sobre el regazo las fotos, aun llenas del café o lo que aquello fuera, que había escupido la invitada. Las observó Garrido con detenimiento.

«Pues claro que dice la verdad, hay que ser muy gilipollas para poner tu nombre en el pecho de un cadáver con un tiro como si fuera la firma de una obra de arte», pensó Garrido.

—Dice la verdad —apuntó Garrido.

—Goycoechea, dígame algo: ¿de verdad me considera su ayudante?

Goycoechea soltó una sonora carcajada.

—Me has caído bien —dijo por fin—, pero estás en prácticas; que no se te suba a la cabeza.

Garrido se sonrojó por tercera vez en un rato, se sentía como una adolescente enamorada que era correspondida. Acababa de llegar a Madrid, apenas llevaba tres días trabajando, recién llegada de la academia de Ávila y ya le parecía haber salido por la puerta grande de las Ventas después de todo lo ocurrido aquella mañana.

Se fueron ambos a descansar después de quedar para el día siguiente, a primera hora, en la puerta de la coctelería.

5
El encuentro

Salió Alba Garrido de la ducha aquella mañana con una sonrisa y una satisfacción que no sentía desde el mismo día en que aprobó la oposición. Se maquilló discreta y se peinó con esmero su pelo ensortijado, como decía su madre, o su pelo estropajoso, renegaba ella cada vez que le tocaba desenredarlo. Era muy metódica, había dejado preparado cuidadosamente el uniforme la noche anterior. Uniforme nuevo, de estreno, pantalón, polo de manga larga, chaquetilla y cazadora, que el relente se hacía sentir por la mañana. El relente para ella, que era una chicarrona del norte como el bonito, porque para cualquier ciudadano de a pie hacía más frío que recogiendo aceitunas en enero.

Se miró en el espejo, estaba impecable. Orgullosa de sí misma. «Parece que voy a una cita con un guaperas», pensó mientras esbozaba una sonrisa que hacía todavía más llamativo su ya de por sí llamativo semblante. Realmente, la única cita que le esperaba era Goycoechea, un policía a la antigua usanza, que fumaba Ducados y podría ser su padre.

Las instrucciones eran claras: «A primera hora en la puerta de la coctelería». Cogió su coche, un eléctrico chiquitito regalo de su padre que le permitía circular por todo Madrid porque no contaminaba. Una ventaja para trabajar en el centro y con aparcamiento reservado.

Decidió ir directamente a la coctelería, ayudada por las facilidades del vehículo que utiliza.

«Así no llamaré la atención mientras llega el inspector. Lo esperaré allí y a partir de ahí lo que él mande, sin hablar mucho para no meter la pata», se iba diciendo Alba todo esto mientras el GPS le indica el camino. Aún se veía torpe ella misma para conducir en la gran urbe, algo que imaginaba que se pasaría con la experiencia. Quizá antes de lo que ella pensaba.

Llegó al lugar, tres cuartos de hora antes de lo previsto y... «Joder —pensó—. Este tío no duerme». Allí estaba Goycoechea cavilando, observando, mirada vigilante, atenta a un lado y a otro. De repente, comenzó a reírse. La risa del inspector se produjo al unísono de la apertura de la puerta del coche de Alba, lo que la dejó muy sorprendida. No sabía qué le podía hacer tanta gracia al inspector.

—Buenos días, señor.

—Buenos días —contestó él—. Perdona la risa, pero... ¿tomas hoy la comunión?

La risa inundó el ambiente, ambos a carcajada suelta.

—¿Cómo se supone que debo vestirme?

—Si vas a ser mi ayudante tendrás que ir de paisano. Ahora, en cuanto terminemos por aquí, nos volvemos a tu casa y te cambias. La discreción es fundamental en nuestro trabajo.

En estas andaban cuando el inspector observó algo a lo lejos. Era demasiado temprano y no acertaba a saber si lo que estaba viendo era lo que creía o solo era su imaginación, ansiosa de solucionar el caso, que le creaba alucinaciones como si encontrara un oasis en el desierto. Agarró a Alba del brazo y se la llevó en volandas ante la estupefacción de esta. Escondidos entre los callejones y el ascensor del metro, el inspector deseaba que no fuera verdad lo que estaba viendo.

Alba no sabía si preguntar o callar. Había sido llevaba en volandas por su compañero para esconderse en una escena propia de *mister* Bean. «Menos mal que no nos ha visto nadie», se dijo a sí misma.

Mientras esto ocurría, Goycoechea murmuraba entre dientes: «Por el Cristo del Gran Poder».

¿El Cristo del Gran Poder? Alba estaba alucinando con lo que sus oídos le habían dicho que había escuchado sin poder creerlo cuando, de repente…, la vio.

En silencio observaron durante algunos minutos. Emma o Aránzazu o como se llamará estaba allí. Detenida frente a la vieja puerta de la coctelería. Observaba la puerta con la mirada perdida y los ojos llenos de lágrimas. Inmóvil, ajena a todo lo que sucedía a su alrededor, no pudo hacer otra cosa que sorprenderse, incluso asustarse, cuando se le acercaron los dos policías y le dieron los buenos días.

—Creo que les debo una explicación —dijo Emma, una vez recuperada del sobresalto—. Quedábamos aquí. Él era cliente de este bar. Yo nunca entré. Él salía cuando yo le avisaba de que estaba aquí. Nos íbamos en taxi al lugar acordado previamente. Nunca me llevó en su coche.

«Nosotros también le debemos a ella una explicación», pensó Alba y, seguidamente, verbalizó ese pensamiento:

—Ahí es donde ha aparecido el cadáver.

En ese instante sintió una mirada asesina de su compañero, desaprobando la información que había dado. La inexperiencia y la empatía con Emma le habían hecho actuar así. «Debo controlar mis sentimientos —pensó Alba para sí—. Al fin y al cabo, soy policía».

El silencio que se produjo era incómodo. Goycoechea no sabía si debía estar ahí, si detener a la invitada o si irse a su despacho.

Lo único que tenía claro es que si ese tipo era cliente del bar tenía que conocerlo. Richard también lo conocería. Esto, más que aclarar nada, enmarañaba más aún el caso porque cualquiera podía haberlo asesinado y dejado ahí el cadáver. Por su parte, Alba seguía analizando lo que había pasado hacía un instante y Emma o Aránzazu o como se llamara seguía absorta en sus pensamientos, aunque había dejado de llorar y había recompuesto su semblante.

En ese instante sonó el móvil del inspector, lo cogió y, sin tiempo para contestar, una voz desde el otro lado le espetó: «Ven para acá echando hostias».

—A ti no te han enseñado modales, imbécil —rebuznó el inspector con un cabreo monumental.

—Pues sí, pero no hay tiempo. Deje de gruñir y venga ya, coño. —Y, sin más, colgó el teléfono.

—Vamos, Alba, es urgente.

El inspector se quedó mirando fijamente a Emma y esta mirada fue recíproca. Tras unos instantes dubitativos donde ninguno sabía qué hacer o qué decir, Goycoechea le hizo un gesto con la cabeza mientras confirmaba su acción: «Acompáñenos, puede sernos útil».

Se dirigieron al coche de Alba.

Mientras tanto, a unos pocos metros, un coche, un Kia más viejo que antiguo, quizá de hacía quince o veinte años, pasaba por el lugar observando sigiloso, sin levantar sospechas.

6
El cadáver

—Sí, señor comisario, tranquilo, que no volverá a ocurrir.

Bonita frase para ser verdad pensaba el comisario. Había escuchado eso mismo y de la misma boca, la de Goycoechea, varios miles o quizá varios millones de veces. Goycoechea era apasionado y cuando algo le rondaba por la cabeza era capaz de olvidarse de todo cuanto le rodeaba. Esto no siempre era bueno.

Habían salido Garrido, el inspector y Emma a la carrera, las dos chicas sin saber adónde quería dirigirse el inspector con tanto ímpetu, pero sin arrestos para preguntarle.

Montaron en el coche y Goycoechea, que era un copiloto excepcional, comenzó a dar instrucciones.

—¡Por allí! ¡Ahora gire! ¡Continúe! —gritaba fuera de sí mientras Garrido se limitaba a conducir.

El copiloto excepcional olvidó algunos detalles del recorrido: que no llevaban una *lechera*, llevaban el coche particular de Alba y que cuando vas en un coche particular hay que parar en los semáforos y tratar de no conducir en dirección prohibida.

Así las cosas, esta actitud había provocado una persecución de la policía municipal, que no veía manera de alcanzar ese pequeño utilitario eléctrico que tenía Alba. Llegaron al destino y llegaron las explicaciones.

Como siempre que era menester, el comisario acudió al rescate. «Si es que es como mi madre», pensaba Goycoechea.

Habían llegado: Facultad de Medicina.

Las chicas no comprendían nada de lo que hacían allí ni mucho menos de las prisas. Un viejo edificio perteneciente la Universidad Complutense cuya apariencia exterior era descuidada. Instalaciones antiguas y, por lo visto, costosas de mantener porque una buena mano de pintura le hacía mucha falta. Corrían por los angostos pasillos, después de haber bajado por las escaleras que podrían jurar que son las que llegan al infierno y, desde luego, cualquiera podría creerlo: no había dos escalones iguales.

—Joder, cómo corre el abuelo —se dirigió Emma a su compañera de aventuras.

—Y cómo oye —contestó Goycoechea en tono cortante.

Las dos chicas quedaron ojipláticas cuando por fin parecía que habían llegado a su destino: el Instituto Anatómico Forense.

Una morgue dentro de la universidad, algo desconocido para ambas. En ese instante no había nadie, salvo un doctor en el centro de la sala observando un cadáver como si fuera el Cristo yacente. El resto de la sala vacía. Una inmensa nave con una temperatura de 10 grados, luz tenue salvo donde se encontraba el doctor. Emma temblaba con una sensación entre frío y miedo. No sabía a qué o a quién, pero lo cierto es que tenía temor, algo que le apesadumbraba por dentro, que le hacía sentirse culpable de la muerte de aquel hombre que yacía en la camilla del forense, con un foco de quirófano alumbrándolo y haciendo resplandecer toda la sala.

—Ha tardado mucho inspector —voceó el forense desde la lejanía.

—No sé si decirte que vengo con una novata y echarle la culpa o sencillamente es que me hago mayor.

Alba miró al inspector. Si las miradas matasen, Goycoechea sería la siguiente autopsia que tendría que hacer el médico forense.

—Más bien lo segundo, viejo amigo.

Se habían acercado lo suficiente para comprobar que la imagen del cadáver era escalofriante. Un hombre de entre sesenta y setenta años aproximadamente, pelo gris teñido, y fuerte de constitución. Se le notaba, aun muerto, que le gustaba cuidarse y hacer deporte. En el pecho, descubierto, llamaban la atención dos cosas, muy evidentes y a la vez muy llamativas. Lo habían visto en las fotos que les enseñó el inspector, pero así, de cerca, era mucho más tétrico de lo que habían podido imaginar.

Emma palideció. Le costaba mucho respirar e incluso mantenerse en pie. Se sentó en el suelo y con la cabeza entre las rodillas comenzó de nuevo a llorar. Era la forma de expresar su rabia y a la vez de pedir disculpas al cadáver del que fuera su amigo. Aquella imagen se le había quedado grabada. EMMA, en mayúsculas, en letra perfecta de caligrafía de Rubio, escrito en su pecho desde abajo arriba en diagonal. Nacía el grafiti en su abdomen, en la parte derecha, y venía a morir al hombro izquierdo, con un punto final en forma de disparo que atravesaba su pecho. Sin duda, aquello no era casualidad.

El doctor entregó unos papeles a Alba a los que dio un pequeño vistazo y pudo ver que era el informe de la autopsia. Los ojos se le salían de las órbitas mientras lo leía, pero no acertaba a articular palabra alguna. Finalizó y entregó el informe al inspector, él sabría interpretarlo.

7
Las causas

Era el doctor un personaje peculiar. Joven, seguro, no llegaba a treinta años, desgarbado. Más alto de lo que su cuerpo requería. Ojos orientales y pelo rubio que parecía natural. A Alba le llamó la atención. Lo observaba moverse, ir de un lado a otro, rodear una y otra vez la camilla señalando con sus dedos largos como nunca antes había visto y muy finos. Alba no pudo evitar sonreír. «Parecen espárragos baratos», estaba pensando. El doctor Cheng Satrústegui, que así decía en su bata y que manda *carallo* con el nombre, señalaba aquí y allá al cadáver, mientras hablaba dirigiéndose al inspector, que permanecía muy atento a las explicaciones.

El doctor era prolijo en su explicación:

—Como le digo, la causa de la muerte no fue el disparo, ni siquiera murió desangrado. No hay hemorragias ni nada por el estilo. A este tío le dispararon después de que estuviera muerto.

—Eso no tiene ningún sentido, Chuchi. —Era así como Goycoechea llamaba al doctor Cheng.

Chuchi seguía con su explicación:

—Pues lleva usted razón, no tiene sentido. Por eso le he llamado. Pero lo más extraño no es eso: la causa de la muerte es una parada cardiorrespiratoria, muerte natural. No hay restos de alcohol ni de ninguna sustancia letal ni drogas en su organismo. Nada más allá de los restos que dejan las medicinas propias de los tratamientos de su edad. Ya sabe: tensión, azúcar… y esas cosas. Con setenta y siete tacos, demasiado bien estaba.

—No me jodas, Chuchi. Un tío se muere y después fingen matarlo. No tengo el ánimo para que me tomes el pelo…

—No permito que le hable usted así al doctor Cheng —vociferó alguien al fondo de la nave.

—¿Lorena? Gordo tiene que ser el tema si está aquí la jefa —dijo Goycoechea con una sonrisa.

Lorena y el inspector se abrazaron efusivamente y sin tiempo para más rituales la mujer comenzó a hablar:

—Vengo de por el segundo análisis toxicológico: nada. La bala es de un revólver del calibre 38 especial, quedó alojada en el hueso de la clavícula, no le hubiera matado.

—Veamos si me he enterado: según ustedes, tenemos un muerto que debería estar vivo o por lo menos un asesinato que no es tal, sino que alguien, después de muerta la víctima, decidió decorar el cadáver para ponerlo de adorno en la coctelería —resumió el inspector.

—Yo misma no lo hubiera dicho mejor —contestó Lorena mientras reía.

—Para colmo, le han disparado con un revolver de los que se utilizan en seguridad privada. Hay miles de revólveres legales como ese en circulación y eso sin contar los ilegales —el inspector continuaba su divagación.

—Señor —intervino Alba—, el revólver de ese calibre fue muy utilizado también por particulares. Como sabrá, a las personas amenazadas en los años de terrorismo nacional se les concedía licencia para llevar un arma corta. Durante una época también se la concedieron a muchos joyeros por el riesgo de su profesión.

No creo yo que un vigilante de Seguridad haya disparado a este pájaro con un arma de su empresa, me parece más lógico que haya sido un arma particular. Legal o ilegal, eso ya es harina de otro costal.

Chuchi y Lorena rompieron a reír a carcajada limpia y Emma volvió en sí para unirse al jolgorio. Mientras tanto, el inspector enrojeció, se ruborizó ante la lección que acababa de darle la novata. No salía de su asombro. Acababa de llegar, llevaba apenas tres días de trabajo y tenía un conocimiento de armas digno de cualquier veterano.

—Me quito el sombrero —dijo por fin—. Me has dejado *KO*. ¿Eso lo enseñan en Ávila?

—Antes de ser policía fui vigilante de seguridad un par de años. Los cursos de formación eran obligatorios…, ya sabe —explicó Alba.

—Le ha caído una mosca en la sopa —sentenció Chuchi.

Llevaba razón Chuchi, una mosca bien gorda. También llevaba razón Alba en su planteamiento, lo más lógico sería que el arma fuera ilegal o de alguien que nada tuviera que ver, *a priori*, con el difunto; así sería más difícil encontrarlo.

De repente, un fuerte estruendo retumbó en toda la sala.

8
Sorprendidos

Había caído por las escaleras al pisar un peldaño partido y su cuerpo había rodado escaleras abajo hasta golpear contra la puerta de madera de la sala de autopsias. El sonido había retumbado por toda la sala como si hubiera explosionado una bomba. Sin tiempo para pensar, se recompuso lo más rápido posible y comenzó a desandar el camino andado apresuradamente, a la máxima velocidad posible. Sabía que el inspector intentaría no dejar escapar a la presa mientras estuviera a su alcance.

—¡Viene de la puerta! —exclamó Emma que, de repente, había recuperado la lucidez perdida minutos antes con una energía que ni ella misma era consciente de tener almacenada.

Antes de que Emma pronunciara la frase completa, Alba ya había desenfundado y montado su arma a la vez que salía corriendo hacia el lugar de donde provenía el ruido. Chuchi y Goycoechea se fueron tras ella.

Salieron precipitadamente a toda velocidad del recinto y comenzaron a correr escaleras arriba sin saber muy bien a qué o a quién perseguían. Oían pasos y respiración agitada un poco por delante, lo que les hacía imaginar que quien fuera que hubiera golpeado la puerta huía despavorido ante la certeza de tener a los dos agentes pisándoles los talones.

—Me cago en la p... —No le dio tiempo a terminar la frase.

De nuevo había tropezado. Las escaleras del infierno parecían no darle tregua. Se apresuró a recomponerse y levantarse por segunda vez en un minuto cuando notó que algo le sujetaba la pierna. Alba se había aferrado a la pierna como un koala a su eucalipto y trataba con todas sus fuerzas de sujetarlo. Era un individuo fuerte. Alba forcejeaba con la pierna y se mantenía aferrada apretando los dientes, era su primera intervención y no pensaba dejar escapar a quien quiera que fuese, costara lo que costara.

El individuo consiguió revolverse y con la otra pierna propinó una patada Alba en la cara, solo así consiguió soltarse mientras Alba junto con un zapato y la marca de otro en la cara rodó escaleras abajo. El individuo se levantó y continuó su huida.

—¿Estás bien? —preguntó Chuchi al ver a Alba.

—Sigue corriendo, que se escapa, déjate de memeces —contestó Alba mientras se levantaba y comprobaba los desperfectos.

Un labio roto, sangre en la nariz y muy mal sabor de boca. «No moriré esta vez», pensó mientras corría de nuevo, esta vez detrás de Goycoechea que después de escuchar la contestación que había recibido Chuchi no dijo ni mu al pasar por su lado.

Por fin ya no había más escaleras y llegaron al pasillo. Nadie dejaba de correr. El intruso había abandonado el otro zapato —«mejor correr descalzo», pensaba— mientras mantenía el ritmo. Estaba al alcance de Chuchi, que corría como si le fuera la vida en ello. A punto estaba de alcanzarlo. El intruso giró a la derecha por otro de los pasillos, no sabemos ni cómo ni por dónde, pero pasó y pudo continuar por el pasillo. Chuchi no tuvo tanta suerte, la puerta de la cocina se abrió y fue a dar con el carrito del catering chocando estrepitosamente. Carrito, comida, vajilla, Chuchi y el inspector cayeron ante la atónita mirada de todos los allí presentes. Alba, que corría detrás, saltó por encima de todo ese desaguisado y siguió corriendo a todo lo que sus piernas y su corazón le permitían. Llegó a la puerta y a lo lejos vio un coche alejarse.

Se les había escapado por unos pocos metros en un coche, un Kia más viejo que antiguo, quizá de hace quince o veinte años. Alba, aturdida todavía por el golpe y con la adrenalina rebosante por la situación, no pudo descifrar ni la marca ni el modelo. Tras ella aparecieron el doctor Cheng y Goycoechea, la foto era un cuadro, ambos manchados de tomate frito con algunos macarrones todavía pegados en el pelo y en el traje y la bata de Chen llena de una salsa que bien podría ser de callos.

—Huele que alimenta —dijo Alba, a la que aún le quedaban ganas de bromear.

—Cristo del Gran Poder —protestó Goycoechea mientras volvía al interior.

9
Philippe

—Casi deberías alegrarte.

—¿Cómo me voy a alegrar?, ¿estás loca? Han matado a mi padre.

—Y eso te convierte en millonaria —afirmó sin contemplaciones Lucía.

—Eso no es cierto y lo sabes. Mamá, no te reconozco.

Técnicamente, Paz tenía razón, esa fortuna era para repartir. La mitad del total era de su madre porque ella y su padre seguían siendo socios a pesar de su separación. «Empezamos juntos en esto y es de los dos», afirmaba Philippe, su padre, cada vez que tenía oportunidad.

De la otra mitad de la fortuna, la mitad pertenecía a su hermano, aunque este no tendría problemas en vendérsela a su hermana o en dejarle a esta la gestión a cambio únicamente de un porcentaje. Felipito, como solían llamar a su hermano, vivía en Italia desde hacía algunos meses. Tras acabar sus estudios de Ingeniería Industrial comenzó, primero en prácticas y ahora como mecánico oficial, a trabajar en Ferrari, en su equipo de Fórmula 1. Tenía un buen nivel de vida y el negocio familiar poco le importaba.

Philippe Lagarde era un ciudadano francés que llego a España a principios de los años ochenta atraído por el cambio político y cultural de nuestro país. En una noche de locura había conocido a Lucía y concebido esa misma noche a su hija Paz, todo muy rápido e improvisado, al más puro estilo español.

Los padres de Lucía aceptaron al joven, aunque, eso sí, les obligaron a casarse por *el sindicato de las prisas*, para evitar el escarnio popular en el pueblo. Aún eran tiempos de cambios y este tipo de cosas todavía eran un tema tabú en toda la sociedad.

Años después se trasladaron a Madrid donde, con la ayuda de la madre de Philippe, pusieron en marcha un negocio de compra oro, cuando apenas esta práctica era conocida en Madrid. Fueron visionarios del negocio y muy pronto el local de la calle Marcelo Usera, a escasos quinientos metros de la plaza Elíptica, como la conoce todo el mundo, comenzó a dar beneficios. Al principio era el propio Philippe quien promocionaba el local, lo hacía vestido de hombre anuncio con el cartel por toda la calle.

Llegaron años buenos y lo que era un pequeño negocio fue creciendo poco a poco hasta convertirse en una franquicia. El local de Usera fue cedido a un franquiciado y los socios Philippe y Lucía se dedicaron entonces a la subasta.

Todas las joyas que compraban sus franquiciados eran tasadas y revendidas a modo de subasta, esto les proporcionó una jugosa fortuna que deberían heredar sus hijos. El día de su muerte, Philippe no hubiera sabido decir o ni siquiera ser capaz de contar el montante de su fortuna.

A pesar de todo ello, no se le conocían enemigos. Era un tipo afable al que le gustaba pasar desapercibido. Tenía un coche viejo, de casi veinte años, un Peugeot 207 que decía no cambiar por nada del mundo. Lo único que había cambiado era su residencia, un chalecito en la calle Arturo Soria que era donde ahora hablaban —o discutían— madre e hija.

Cuando se separaron, Philippe y Lucía dividieron el chalé en dos partes, era lo suficientemente grande, quedando cada parte de casa para cada uno de ellos, separadas por una puerta. Cada uno disfrutaba de 240 metros de casa y otros 300 de jardín, mientras los hijos, Felipito y Paz, seguían haciendo vida normal en su casa de toda la vida.

Pero Philippe estaba muerto, asesinado o al menos fallecido en extrañas circunstancias con el nombre de una fulana escrito en el pecho y una bala en sus entrañas. Esto complicaba todos los temas hereditarios provocando rifirrafes continuos entre madre e hija. Felipito mientras tanto era ajeno a todo, se encontraba en Italia a la espera de ser llamado para recibir su parte.

10
Un plan

—*Pero cómo puedes ser tan inútil* —espetó por el teléfono.

El cabreo era monumental. Todo se podía haber ido al traste por un tropezón en una escalera del siglo xviii en mal estado. Solo le había mandado fisgonear para saber los movimientos del inspector y sus ayudantes. Nada más. No tenía que acercarse ni tratar de detenerlos, solo informarse de lo que sabían, de los pasos que daban y, lo más importante, de intentar saber lo cerca que estaban de resolver el asesinato y, por ende, de echar abajo el resto del plan.

Pero no tenía que escuchar todas las conversaciones y mucho menos en sitios inverosímiles donde además estaba prohibida la entrada, caerse, salir corriendo, perder los zapatos. Solo ha faltado que dejara el DNI tirado y una nota que dijera donde iba a alojarse esa noche.

—La curiosidad mató al gato —se justificó ante su interlocutor.

—*Más bien, el que con niños se acuesta meado se levanta, diría yo* —alegó bajando el tono de la conversación.

La operación que le había encargado era lo bastante fácil como para llevarla a cabo sin sobresaltos, sin embargo, después de lo ocurrido, no tendría más remedio que posponerla unos días.

«No es bueno remover la mierda», pensó.

—Desaparece tres o cuatro días. Dejemos que se calmen las aguas y que sigan dando palos de ciego a diestro y siniestro. Si actuamos hoy como teníamos previsto, nos cogerán en media hora, ten en cuenta que zapatos como esos que has perdido no se ven muchos. ¿Tienes todo previsto?

Era cierto, unos zapatos así no eran algo habitual. Su marca era lo de menos daba igual una u otra o haberlos comprado en cualquier mercadillo del pueblo más recóndito de España. El defecto en sus pies le hacía gastar el doble de dinero cada vez que necesitaba comprar unos nuevos porque tenía un número 53 en su pie derecho y un número 52 en el izquierdo. Grandes y diferentes uno de otro, no hay muchas personas así en Madrid.

—Por supuesto, tengo todos los movimientos estudiados y los horarios en mi cabeza. La salida de ese parque es un lugar bastante solitario según a qué horas, y la calle donde vive tampoco es la Castellana, será cuestión de esperar el momento y actuar. Si se complica la historia, puedo hacerlo de otra forma, pero es más arriesgado.

—*No vuelvas a meter la pata* —sentenció su interlocutor desde el otro lado de la línea telefónica.

Sin más cogió el teléfono.

Presto a seguir las instrucciones que había recibido, arrancó su Kia Magentis viejo, ya tenía dieciocho años y 630 000 kilómetros. Antes de partir, miró su aplicación del banco para comprobar si había recibido lo acordado. Efectivamente, entre recibos y un embargo de la Agencia Tributaria, tenía el ingreso puntualmente realizado por sus servicios prestados. Ahora sí, partió rumbo a ninguna parte dispuesto a relajarse unos días.

11
En apuros

Salió Emma como cada mañana a correr. Desde hacía meses, además de ir al gimnasio, era *runner* y todos los días procuraba salir a entrenar al menos media hora. Era en torno al amanecer. Salió de su casa en la Ciudad Pegaso, un viejo barrio de Madrid construido allá por los años 50 para dar vivienda a los trabajadores de la antigua fábrica Pegaso, cruzando por la Plaza del barrio para subir en dirección al carril bici que tras cruzar el puente por debajo de la A2 le llevaría hasta la estación de metro de El Capricho y su parque contiguo. Esa mañana se sentía con fuerza y tenía tiempo, el suficiente para poder continuar un rato más. El deporte la ayudaba a relajarse y desconectar un poco de todo lo que le estaba aconteciendo.

Tras dejar atrás la estación del metro, cruzó el parque hasta llegar a la avenida de Logroño, y se adrentó en el parque Juan Carlos I feliz, ajena a lo que estaba sucediendo a su alrededor mientras en sus auriculares última generación, inalámbricos, casi invisibles sonaba *El último clásico* de Loquillo. Sonrió, mientras pensaba en sus propios clásicos, esos que le permitían llevar ese ritmo de vida. No pudo evitar apenarse cuando le vino a la mente Philippe, ahora muerto. «Un clásico de verdad», pensó a la vez que continuaba corriendo.

Mientras tanto, el Kia y su ocupante esperaban ansiosos y con la adrenalina a los niveles de la contaminación de Madrid a que Emma regresara de su paseo matutino. Había estudiado ese paseo con detenimiento varias docenas de veces, no solía prolongarse más allá de las 7:45 de la mañana, una hora prudencial, en la que no había aún mucho movimiento por la zona. Aparcado junto a la boca de metro El Capricho, observaba la gente que entraba y salía de la estación, la mayoría trabajadores que acudían a su cita diaria con su empleo o estudiantes que de mala gana se dirigían a sus universidades.

Pero lo que más le interesaba era la bajada del carril bici por la que se salía del parque, por el momento subían y bajaban perros que salían a pasear de buena mañana y cuya meta era el pipicán que estaba dentro del parque.

Pasaba el tiempo y comenzaba a impacientarse, era raro que tardara tanto. En todas esas mañanas que había observado desde su mirador particular el trayecto realizado por Emma, solo una había llegado a esas horas. «Señoras, señores, me alegro, buenos días, son las ocho de la mañana», decía Carlos Herrera en su emisora favorita. Se dispuso a abandonar la misión que le habían encomendado, o más bien, a posponerla para mejor ocasión.

Ya había arrancado el viejo Kia cuando la vio. Paró y salió del coche dirigiéndose hacia ella sigilosamente, aparentando la normalidad de cualquier paseante madrugador que te puedes encontrar a esas horas en cualquier parque de la ciudad y pasando todo lo desapercibido que le permitían sus enormes zapatos de talla distinta. Ya estaba a su altura, cerca, al alcance de su brazo, estiró el brazo dispuesto a completar el encargo.

¡Ring, ring, ring! El ruido le sobresaltó y le hizo dar un respingo. Miró hacia atrás y vio cómo se acercaba un grupo de media docena de ciclistas que timbraban para urgirle a que se apartara.

Un peatón en medio del carril bici no era bienvenido y más cuando al lado la acera mide más de dos metros de ancho.

—Mi puta vida —maldijo para sus adentros mientras se apartaba y veía pasar el pelotón y alejarse a Emma, que seguía ajena a todo lo que acontecía gracias a sus auriculares y a Loquillo, que esta vez cantaba el *Cadillac solitario* en directo desde Granada.

Volvió frustrado al coche, arrancó lo más rápido que pudo para dirigirse a la glorieta de Canillejas e intentar llegar antes que Emma al parque de la plaza Mayor del barrio, ese era el otro punto que tenía estudiado, quizá ahí sí podría ejecutar su plan.

Al entrar en el barrio, vio a Emma a la altura de la Avenida Quinta (en este barrio las calles estaban numeradas como en Nueva York) lo cual le hizo esbozar una amplia sonrisa: llegaría al parque antes que ella.

Llegó al parque, aparcó en la parte exterior del mismo, eran casi las nueve y ahí esperó. Emma entró a la plaza y se dispuso a cruzar el parque en dirección hacia donde estaba aparcado el Kia. Dentro del coche se frotaba las manos, ajeno a lo que podía suceder. Su vista estaba fijada en Emma, aquello iba a resultar más fácil de lo previsto. Saliendo del parque, Emma se detuvo. Él bajó del coche y se dirigió hacia ella, y cuando estaba a pocos metros escuchó música, *rock* duro, AC/DC; quizá provenía de una furgoneta aparcada a unos metros. Acto seguido, aparecieron dos jardineros que se dirigían al parque. «Mucha gente, muchos espectadores, hay que ser cauto», se dijo. Y abandonó.

A Emma todo le había parecido normal, en sus auriculares sonaba *Cruzando el paraíso* mientras doblaba la esquina para perderse en su portal.

Frustrado, cogió su móvil y marco un número, el número de contacto que tenía memorizado y prohibido tener anotado en los contactos de cualquier teléfono. Se dispuso a pulsar el botón verde de llamada, pero lo pensó mejor. «Es la segunda vez que meto el cuezo en cinco días», pensó. Y finalmente no llamó. Se quedaría allí esperando el tiempo que hiciera falta para completar el encargo.

Fue un día muy largo. Soporífero. Todo el día aparcado en el parque esperando que Emma pudiera salir a pasear o a comprar el pan, pero que se diera la ocasión para poder completar la misión, aunque aquello no terminaba de suceder.

Caída la noche, el parque se llenaba de jóvenes escuchando música y tomándose unas cervezas. No sería buena idea tratar de hacerlo por la noche porque, aunque no había mucha iluminación, podría verlo cualquiera de los jóvenes o incluso alguna patrulla de la policía, que, a sabiendas de estas reuniones nocturnas, acudía con frecuencia a vigilar la zona.

Le habían llamado varias veces a lo largo del día, pero no contestó. No quería dar explicaciones, temeroso de lo que pudiera suceder. Estaba recibiendo una importante cantidad de dinero por hacer justo lo que no era capaz de hacer, y después de lo sucedido en los días anteriores, el jefe no estaba muy contento.

Mientras tanto, Emma terminaba de vestirse. El pelo largo, limpio, recién planchado y peinado le llegaba por debajo de los hombros. Le gustaba hacerse coleta o algún recogido, pero aquel día a su amigo le gustaba más el pelo suelto. Falda corta, no más de lo normal y camiseta ajustada. Toda esa ropa se la había regalado el mismo que le pedía que se la pusiese para salir. Se dispuso y salió hacia el lugar donde había quedado: la puerta del Plenilunio para no levantar sospechas, a las 23:15 horas.

Al principio le costó reconocerla, el cambio de la mañana a la noche había sido abismal y nada tenían que ver las mallas deportivas y la camiseta de la mañana con la indumentaria de la noche y mucho menos los tacones de doce centímetros sobre los que Emma caminaba. El pasadizo entre la avenida Segunda y la carretera de acceso a la estación de O'Donnell: ese era el lugar. Aparcó el coche en doble fila, esperando en el lugar y rezando lo poco que recordaba para que no apareciera nadie.

Al verlo, Emma retrocedió e intento huir, pero sus zapatos y su vestimenta no ayudaban. No lo conocía, pero estaba claro que no traía buenas intenciones. En el callejón, poco transitado y con poca iluminación, se abalanzó sobre ella con un pañuelo impregnado en algo que imaginaba que sería cloroformo, pero que no lo sabía. Se lo habían dado y le habían dicho cómo utilizarlo, nada más. Forcejeó Emma y trató de zafarse de su agresor, pero nada funciono, era mucho más fuerte y mejor equipado para la ocasión. Emma quedó sumida en un profundo sueño en pocos segundos. La cogió en brazos con delicadeza, algo que le resultó fácil dada su corpulencia, la metió en el Kia, arrancó y abandonó el lugar.

—Misión cumplida. —Hizo la llamada que había pospuesto durante todo el día.

—*Ya es hora, pensé que habías vuelto a meter la pata.*

—No pudo ser por la mañana cuando estaba previsto, he estado haciendo guardia todo el día.

—*Podías haber avisado.*

—Me dijiste que antes del miércoles; todavía es martes. —De repente, el viejo Kia se paró en seco—. ¡Me cago en la puta! —exclamó.

—*¿Qué pasa?*

—Se me ha parado el coche, rápido ven a buscarme antes de que aparezca nadie. Estoy en la calle Alcalá, justo enfrente del plató de El Hormiguero.

—*¡La madre que me parió! A quien se le ocurre ir a hacer estas cosas con esa tartana. Voy a buscarte.*

La espera fue corta pero insufrible. Acaba de terminar *El Hormiguero* y de allí salía la gente a borbotones. Para su consuelo, las lunas del Kia estaban tintadas y no se veía nada desde fuera, pero no sabía el tiempo que duraría el efecto de la sustancia anestesiante que había utilizado. Le parecía algo de película el tener que utilizarlo y más de película aún que funcionara; estaba comprobando la duración de sus efectos. Pasaron varias patrullas de la policía, nacionales y locales, incluso algún coche de la Guardia Civil, la cercanía del Banco de España hacía que hubiera guardias por allí. «Estoy parado en la calle Alcalá, averiado y con una secuestrada en el asiento de atrás, bonita situación». El teléfono de la invitada sonaba constantemente, no había acudido a la cita y su *amigo* de aquel día estaba preocupado, Emma nunca faltaba a una cita.

Al fin apareció el Renault Laguna, más antiguo que el Kia, pero en mucho mejor estado. Por un momento había temido que hubiera aparecido con el Maserati que guardaba en el garaje, y que no pasaría desapercibido. El Renault Laguna paró unos instantes, no más de medio minuto junto al Kia. De la forma más rápida y discreta posible cambiaron a la viajera de coche y de nuevo arrancó.

Apenas un minuto después, mientras llamaba a la grúa para que fueran a socorrerle, llegaron a su altura una pareja de agentes de movilidad para comprobar si todo estaba en orden. Un sudor frío recorrió su cuerpo, sintiendo un escalofrío, mientras respiraba profundamente y veía cómo se alejaba el coche del jefe con su invitada en el interior.

12
Mensajes

El móvil sonó y la vibración hizo retumbar el sonido por toda la casa. La mesilla de madera amplió el movimiento. Al inspector le pareció un terremoto de grado 7 en la escala de Richter. Se despertó sobresaltado, brincando sobre la cama. Solo había tres personas que podrían escribirle a esas horas y que sonara el móvil, el resto de la agenda estaba silenciada por la noche. Era su forma de poder descansar y estar alerta al mismo tiempo.

Cogió el móvil y vio que tenía un wasap, lo abrió. El mensaje era lo suficientemente escueto y conciso como para preocuparle. Saltó de la cama, se enfundó en un vaquero y una camiseta, cogió su arma, comprobó que estaba cargada y salió por la puerta como alma que lleva el diablo, no sin antes pedir un *cabify*, que le recogería en cinco minutos.

Mientras iba de camino no podía parar de pensar en el mensaje: «Ven a buscarme». Junto con una ubicación de una finca de Madrid. Un mensaje en apariencia inocente, pero que no se suele enviar a las 3:45 de la madrugada, salvo en el caso de que algo grave esté ocurriendo. El remitente del mensaje no era una persona amiga de las bromas, máxime cuando estas pueden poner en riesgo la salud del bromeado.

Quinientos metros antes del destino ordenó detenerse al conductor, que lo hizo *ipso facto*, era la ventaja de pagar el precio cerrado y por adelantado de las aplicaciones. Se bajó del vehículo, se entretuvo lo suficiente para darle cinco estrellas al conductor y añadirle un euro de propina. Mientras hacía esta operación, vio a lo lejos algo que le llamo la atención.

«No puede ser, es imposible que sea quien yo creo que es», pensaba el inspector mientras pedía al Señor que no fuera ella. La persona que le había enviado el mensaje no tenía nada que ver, ni siquiera la conocía, es imposible que hubiera sido quien la hubiera avisado, pero, sin embargo, era ella, estaba allí. El inspector cogió su móvil y la llamó.

—Alba, no te muevas de donde estás.

La llamada sorprendió a Alba tanto como el mensaje de WhatsApp recibido a las 3:30 de la madrugada: «Ven a buscarme», junto con una ubicación de Madrid. Cuando vio aparecer a Goycoechea no pudo evitar dar un respingo. Estaba asustada, todo aquello era más raro de lo que su mente había imaginado nunca, no pensaba que ser policía iba de esto.

Eran las 4:10 de la madrugada y aquello no les gustaba. Habían puesto en común los mensajes, los remitentes, las prisas y nada estaba claro. Los mensajes eran de dos personas que nada tenían que ver entre sí y que aparentemente estaban juntas. Nada tenía sentido.

—Deberíamos avisar —dijo Alba.

—¡No! —negó tajante el inspector—. No podemos poner en alerta a la mitad de la policía de Madrid por dos mensajes de WhatsApp, además no tenemos la certeza que pase nada, igual están borrachos en la fiesta de un amigo.

El inspector llevaba razón y Alba lo sabía, pero también tenía claro que nadie avisa a un inspector de policía y a su ayudante por una borrachera en casa de un amigo. Finalmente, decidieron ir. Era la única forma de averiguar qué estaba pasando.

Se fueron situando de forma estratégica para poder ver la ubicación exacta sin ser vistos, la política de ahorro de luz del Ayuntamiento les ayudó bastante: la mitad de las farolas estaban apagadas, eso hacía que la luz fuera tenue y que pudieran irse ocultando. Franqueada por una valla de madera hasta la mitad de la fachada y la otra mitad, además de la valla cubierta de arizónicas, que impedían ver el interior. En la valla, dos carteles de PROSEGUR ALARMAS, avisaban a los intrusos de la llegada inminente de la policía. La puerta estaba abierta. A pesar de la escasa luz, se podía observar un patio bastante amplio con una piscina —eso explicaba las arizónicas— más grande que algunas de las piscinas públicas de la ciudad. Tres o cuatro árboles, una caseta donde guardaban los enseres y herramientas para el cuidado del jardín y al fondo dos coches. Todo parecía tranquilo, nada fuera de la normalidad y del olvido de alguien de cerrar la puerta. Una cosa les llamó la atención: una valla dividía el jardín en dos partes.

Se miraron y decidieron entrar. Una vez en el patio no sabían dónde dirigirse. Todo estaba en silencio y con una luz de velatorio, propia de una escena de una película de suspense. La luna tampoco ayudaba mucho, era una noche nublada y de luna nueva que les impedía ver nada claro dos metros más allá de sus narices. Todo en contra. Avanzaron hasta los coches sin saber lo que les esperaba, a la aventura, vulnerando todos los principios de prudencia que se exigían al buen policía. La ocasión lo requería.

El Kia Magentis y el Renault Laguna dormían a la intemperie mientras el Maserati descansaba en el garaje como si unos fueran los sirvientes y el otro el señor de la casa. Estaban cerrados y nada parecía raro en su interior. De repente, oyeron a su espalda cómo se cerraba la puerta de la finca. Poco a poco, cada vez que algo cambiaba la escena lo hacía confirmando los peores augurios que Goycoechea tenía en su cabeza.

—La hemos cagado, es una trampa —susurró el inspector mientras preparaba su arma.

Alba hacía lo propio.

13
La trampa

Encerrados en un jardín con poca luz, Alba no sabía muy bien qué hacer. Su arma en guardia baja, cargada y lista para disparar en cualquier momento. Su subconsciente le decía que debería avisar, pero ya se había saltado todas las normas de prudencia habidas y por haber, avisar era muy difícil, por no decir imposible. Sacar el teléfono y desbloquearlo para mandar un mensaje sin descuidar la guardia era algo muy complicado, llamar a los compañeros con su *smartphone* delataría su posición exacta a quien quiera que los estuviera esperando, si es que no la sabía ya, y mandar una alerta por la aplicación Alertcorps resultaría inútil. Desde la central mandarían una patrulla de reconocimiento que se daría una vuelta por el lugar, pero que jamás accedería al interior de una vivienda sin una orden judicial o sin la certeza absoluta de que allí estaba en peligro la vida de alguien. Aparentemente eso no sucedía, al menos de momento.

Por su parte, Goycoechea no dejaba de atisbar cada rincón del jardín o al menos intentar ver u oír algo que le pudiera ayudar a saber que tenía que hacer. No era fácil desenvolverse a oscuras en un lugar que no conocía, pero la morfología propia del jardín hacía más fácil sacar conclusiones. Pocos rincones tenía donde esconderse quien quiera que estuviera pendiente de ellos. El inspector pensaba que quizá aquello se trataba de una broma de mal gusto. El crujir de una rama le hizo salir de su ensoñación.

El ruido venía de detrás de la caseta. Apenas había entre la caseta de las herramientas y la valla un pasillo de unos sesenta o setenta centímetros de ancho; suficiente para ocultarse una persona, pero insuficiente para que se pudieran hacer grandes alardes físicos ni movimientos bruscos. El inspector valoraba el acudir de repente al lugar y poder entrar a forcejear, directamente a pelear o incluso disparar hacia el pasillo desde una distancia prudencial sin ver tan siquiera lo que allí se ocultaba. Enseguida desechó ambas ideas, desconocía a qué o a quién se enfrentaba, actuar así sería ir a una muerte o por lo menos a una derrota segura.

Por su parte, Alba se mantenía en guardia parapetada detrás del Renault Laguna apuntando hacia el pasillo desde donde había sonado el crujido de la rama esperando que lo que allí hubiera se asomara más pronto que tarde y abrir fuego sin pensar. Nada de eso sucedió.

Mientras tanto, en su escondite permanecía inmóvil, atento a los movimientos de los dos policías. La situación era privilegiada, el torrente de luz enfocaba la parte donde estaban Alba y el inspector y respetaba la umbría del escondite. Se sentía en lo alto de un minarete observando las llanuras exteriores del castillo.

Ajeno a que estaba siendo vigilado, el inspector gesticuló hacia Alba y se aseguró de que entendía sus instrucciones. Su función era cubrir los pasos del inspector mientras este se acercaba a la parte de atrás de la caseta de las herramientas. Quizá era todo una imaginación, algún pajarillo o una ráfaga de aire traicionera. Absorto en sus pensamientos mientras permanecía en guardia, se iba acercando. No le dio tiempo a reaccionar.

¡Bum!

El golpe fue más sorprendente que certero, pero consiguió su objetivo de hacer caer a Goycoechea al suelo. Alba dispuso su arma en posición para abrir fuego de manera inminente mientras veía al inspector caer al suelo a la vez que soltaba su arma. Aturdido, quedó tendido observando todo cuanto sucedía a su alrededor, decidió fingir que estaba desmayado; quizá así le sería más fácil sorprender a su enemigo.

Alba seguía en su posición detrás del Renault Laguna, con la adrenalina disparada y sin saber muy bien qué hacer. Prudencia, le habían enseñado en la academia, primero tu propia seguridad, luego el resto. Ahí fue cuando lo vio. El cañón de una escopeta asomaba a la luz desde el escondite apuntando a Goycoechea, pero no fue eso lo que le llamó la atención.

—Suelte el arma o lo mato —dijo una voz desde la penumbra.

El inspector estaba atónito ante lo que escuchaba, no se lo podía creer, pero acababa de reconocer a su enemigo. A Alba un escalofrío le recorría el cuerpo de abajo arriba cuando vio aparecer uno de esos pies, no sabemos si el 52 o el 53, pero que Alba reconocería a millones de kilómetros de distancia, hacía unos días lo había tenido tatuado en la cara.

Obedeció la orden, soltó el arma y la dejó encima del coche que le servía de parapeto. «Este hijo de puta nos ha ganado», pensaba.

¡Bum¡ El disparo sonó seco, un estruendo desgarrador en medio de la silenciosa noche.

—¡¡Inspector!! —exclamó Alba.

14
El secuestro

A pesar del ruido en el interior de la casa, eran ajenos a cuanto sucedía afuera; la insonorización era casi perfecta.

—Éramos todos felices, una familia ejemplar que había conseguido triunfar con mucho tesón y mucho trabajo, todos juntos. Las dificultades nos unían más y nos hacían más fuertes, poco a poco íbamos creciendo todos, el negocio también y las cuentas bancarias, éramos todo uno. No se sabe qué paso, pero Philippe empezó de repente a salir, a ir de un sitio a otro, a andar con fulanas, a gastar sin control. Afortunadamente, era imposible gastar dinero al ritmo que se ganaba, si no hubiera arruinado a toda la familia, ahora mismo estaríamos pidiendo, tocando la guitarra en cualquier estación del metro o quién sabe si robando para poder comer o malviviendo con un sueldo de mileurista con un poco de suerte.

Emma, aturdida, todavía escuchaba atentamente cuanto le iba relatando aquella mujer que tenía sentada en un sofá de lujo, de espaldas, mirando la chimenea mientras le soltaba un monólogo que no acertaba a entender. No sabía quién era la mujer, aunque podía imaginárselo, ni siquiera sabía qué hacía allí, lo que si tenía claro es que ella no obligaba a nadie a contratar sus servicios y también que Philippe no estaba al corriente de pertenecer a esa familia de película de la hora de la siesta de la que le estaban hablando.

—Apareciste tú y todo se desmoronó. No te culpo. Eres joven, guapa, alta, exuberante, todavía tienes el respeto del físico, de la edad. No has sido madre, haces deporte, ¿quién puede competir contra eso? Yo no soy más que una vieja harta de trabajar para mantener este nivel de vida y descuidé a mi familia y a mi marido para poder contribuir a su propio éxito. Nunca le negué una canita al aire, pero gastarse su fortuna con una fulana de periferia iba más allá de todo lo pactado. La edad me da sabiduría, esa que aún te falta, bonita, y los refranes populares siempre tienen razón. ¿Conoces ese que dice: «A cada cerdo le llega su San Martín»?

En ese instante fue cuando se levantó y se giró hacia Emma. Una señora elegante, con bata de satén de una altura considerable y muy esbelta, con el pecho operado y la cara con los retoques propios de su edad. Sin duda se cuidaba y mucho. No sabría Emma calcular su edad, pero en torno a los sesenta y cinco años aproximadamente, quizá, en la distancia, incluso menos. «Nada tiene que envidiarme —pensaba Emma—. Ojalá llegue yo así a su edad».

—Soy Lucía, la mujer de Philippe.

Emma no conseguía articular palabra. Philippe estaba muerto y su mujer la había secuestrado a ella, llena de rencor, haciéndola culpable de todos sus desencuentros. Podía observar el odio en su mirada perdida y la amenaza había hecho que se le pusieran los pelos de punta. Estaba loca, había matado hacía unos días a su marido y se disponía a matarla a ella. Nadie sabía dónde estaba ni la echaría de menos, al menos en los próximos dos días; demasiado tiempo.

Lucía se marchó de la sala donde estaban. Emma respiró profundamente. De repente empezó a escuchar gritos, en la habitación de al lado había una fuerte discusión. No alcanzaba a escuchar nada de lo que se estaban diciendo, solo oía gritos y algún golpe en la mesa.

Los acontecimientos se precipitaron. Alguien entró a la sala y dejó sobre la mesa una jeringuilla y un vial en el que decía SARS COV-19. Emma no creía lo que veía ni que lo que allí había fuera lo que ponía en la etiqueta, a nadie lo secuestran para vacunarle contra el coronavirus.

Con mucho cuidado preparó su dosis, aun sobraba más de medio frasco del compuesto.

—¿Prefieres en el cuello o en el brazo? Querida, no llores, vas a irte con Philippe. Allá donde él esté, seguro que te está esperando; por lo que me han contado, eras su putita favorita. Por cierto, da igual dónde elijas, el resultado es el mismo, ya te lo habrá explicado ese poli entrometido y su amiguita. Por fin conocerás la coctelería por dentro. Espero que tus amiguitos no tengan que acompañarte.

Emma lloraba aterrada, estaba atada a una silla y no se le ocurría nada para ganar algo de tiempo, aunque sería inútil, solo retrasaría unos minutos el anunciado final: «A cada cerdo le llega su San Martin». Decididamente, si salía de esa, se haría vegana para el resto de su vida. No dejaba de acordarse de Alba, una chica joven con toda la vida por delante que había llegado hacía unos días a la capital con la maleta llena de ilusiones.

«La van a matar por mi culpa», pensaba mientras las lágrimas recorrían sus mejillas.

La puerta se abrió de repente.

¡Bum!, tronó el disparo dentro de la sala.

15
Lucía

Desde hacía varios meses ella sola había cargado con todo el peso de la empresa familiar que tenía ahora su momento de máximo esplendor. Paz no podía más.

Su padre, Philippe, se había retirado hacía un par de años de las gestiones organizativas y toda su vinculación al negocio consistía en apariciones públicas y en asistir a los distintos eventos de representación. Era una especie de relaciones públicas del más alto nivel: tan pronto comía con el presidente del Real Madrid como acudía a una recepción en la Zarzuela. Era un buen hombre de negocios y Paz le agradecía cada día el personal que tenían contratado en la empresa, sin su ayuda habría tenido que cerrar hace ya algunos meses.

Su madre, Lucía, en cambio, había estado o supuestamente todavía estaba al frente del negocio de forma efectiva y conservaba todo el poder ejecutivo de antaño. Era varios años más joven que su exmarido y se negaba a retirarse, refugiando sus penas en el trabajo que tanto la llenaba. Era una mujer de brega en el trabajo. Fantástica administradora y contable, pero sin la visión sagaz y premonitoria de su exmarido para los negocios.

«La unión de los dos era el equipo perfecto para triunfar», pensaba Paz y la mayoría de los que conocían a la familia.

En cambio, desde hacía unos meses, Paz no era capaz de reconocerla. Su madre había empezado a salir con un tipo muy extraño, al que nunca le presentó y del que ella no tendría constancia de no ser porque había decidido contratar un detective privado, por temor a que fuera estafada y perdiera su fortuna.

«No la reconozco», pensaba. Una mujer de su casa, trabajadora e inquieta todo el día pendiente de los suyos. De repente y en cuestión de pocos días se había convertido en un jeroglífico andante al que no había forma de entender y con quien tampoco podía mantener una conversación con ella más o menos seria sobre la situación.

«Acuérdate de que la madre soy yo» era la frase que utilizaba para dar un portazo y salir por la puerta sin dar ninguna explicación. Salía y llegaba al día siguiente, nada malo, si no fuera porque nunca lo había hecho y a esas alturas resultaba, cuando menos, preocupante para el resto de la familia.

Largas horas conectada a internet: Facebook, WhatsApp, Instagram… Largas conversaciones telefónicas. En ocasiones, la chica que trabajaba interna tenía que llevarle de urgencia el cargador del teléfono porque se quedaba sin batería a mitad de una conversación que ya duraba varias horas.

El hecho definitivo fue la muerte hacía unos días de Philippe. A pesar de sus infidelidades y de todo lo que había pasado, eran muchos años juntos y, aun divorciados, seguían manteniendo el vínculo.

«Definitivamente, ha perdido la cabeza», pensaba Paz mientras el peso de la empresa y su soledad le hacían cada vez estar a punto de una depresión e incluso había pensado en quitarse la vida.

—No lo he hecho ni lo haré —se dijo a sí misma mientras el dolor de cabeza subía de intensidad hasta límites insoportables.

Eran las consecuencias de un llanto desolador en la que llevaba
sumida un largo rato.

16
En el jardín

Había cerrado los ojos por un instante, apenas unos segundos, el tiempo suficiente para que le pasaran por la cabeza todos los acontecimientos desde que había llegado a Madrid hasta ese instante en el que parapetada detrás de un viejo Renault Laguna temía por su vida y había dado por perdida la vida del inspector. Apretó los puños y los dientes dispuesta a abrir los ojos y disparar a todo lo que se moviera, fuera lo que fuera o quien fuera.

Le pareció una eternidad, pero no había tenido los ojos cerrados más de diez segundos, eso seguro. Los abrió y encaró el arma dispuesta a abrir fuego. Apuntar con ambos ojos abiertos es algo que está al alcance de muy poca gente. A punto de presionar sobre el disparador de su arma, lo escuchó.

Un disparo en el interior de la vivienda y, acto seguido, un cristal reventado por el proyectil, también un grito desgarrador de mujer. El mensaje era real, Emma estaba allí. Mientras eso sucedía, seguía con el arma en posición de disparo, apuntando hacia la oscura sombra. Algo no le cuadraba de la situación.

Hacía unos segundos había escuchado un disparo que sin duda había acabado con la vida del inspector. Una escopeta de caza a una distancia de menos de un metro y medio habría hecho un agujero en el cuerpo de Goycoechea, al que no hubiera podido sobrevivir; en cambio, ahora la escena era distinta.

No alcanzaba a ver por ningún sitio al inspector, ni siquiera alcanzaba a ver una salpicadura de sangre o algún rastro del disparo. En cambio, sí veía un hombre en el suelo, tendido boca abajo —estaba vivo porque no paraba de moverse—, pero no era el inspector, tenía los pies demasiado grandes. Era él, lo habría reconocido a kilómetros de distancia.

Su cabeza iba a estallar, no veía al inspector. Su verdugo ahora estaba tendido en el suelo y ella con el arma encarando la sombra en la que no se veía nada, con la opción de hacer fuego contra la nada o de esperar a ver qué iba pasando desde su mirador particular.

Fue entonces cuando con la máxima prudencia salieron, eran dos personas.

—Baja el arma, Alba —era la voz del inspector, de eso no había duda.

Alba no lo hizo. Detrás del inspector había un segundo hombre, Alba no lo había reconocido, pensaba que pudiera estar obligando de alguna manera al inspector a decir esas palabras y así poder capturarlos a los dos o quién sabe qué intenciones podría tener.

En ese momento, una gran sonrisa llenó su cara y sintió que el cuerpo se le relajaba, por fin lo había reconocido. Un muchacho delgado y desgarbado emergía de la penumbra con sus dedos largos como espárragos baratos. El doctor Cheng, o Chuchi, como le llamaba el inspector, estaba allí. Sorprendida pero agradecida por las buenas noticias, Alba bajó el arma mientras abrazaba al inspector.

17
Un *ninja*

Lo que había ocurrido en esos cinco o diez segundos era una incógnita para Alba, que seguía sin salir de su asombro, y sin duda fue una sorpresa mayúscula para Goycoechea, que seguía sin articular palabra. «Me pinchan y no sangro», pensaba.

Mientras Alba soltó el arma siguiendo las instrucciones de quien le estaba encañonando con su escopeta, algo o alguien surgió entre la penumbra: una especie de *ninja* que había estado oculto hasta ese momento. La actuación fue espectacular, segura, rápida y muy eficaz. Lanzo una patada a la escopeta en sentido ascendente que hizo que el dedo del agresor se enganchara en el gatillo y se disparara. Afortunadamente, la trayectoria ascendente del disparo hizo que el proyectil se marchara hacia ninguna parte mientras nuestro *ninja* seguía con su circense actuación. Sin darle tiempo a reaccionar, un codazo al estómago hizo doblarse al hombre ya sin escopeta y desde ahí un *seoi nage* de libro, digno de un campeón mundial de judo, para llevárselo al suelo, luxación de codo, giro para ponerlo boca abajo y engrilletarlo con una facilidad pocas veces vista por el inspector. Le parecía estar soñando. Había visto cosas así alguna vez en las películas de Steven Seagal, pero verlo en directo y que encima sirviese poco menos que para salvarle la vida era algo inusual.

—Se va usted a levantar o se quedará ahí toda la noche —susurró el *ninja*.

Goycoechea, que no sabía si estaba más aturdido por el golpe, sorprendido por la actuación de su salvador, asustado por el disparo o cabreado porque lo vieran ahí tirado, sonrió.

—Me cago en tu puta madre, Chuchi —fue lo único que acertó a decir mientras se ponía en pie y a cubierto, escondido en la sombra detrás de la caseta de las herramientas.

—¿Qué coño haces aquí y donde has aprendido a hacer eso?

—Luego, luego… Ahí dentro hay gente en peligro, ya habrá tiempo para explicaciones.

—¿Qué sabes tú de lo que está pasando ahí dentro, Chuchi?

—Más de lo que usted se cree.

Aunque era de Coria del Río, la mitad de la familia del doctor Cheng era vasca y la otra mitad japonesa, emparentados lejanamente con el maestro Jigoro Kano, creador del judo. Su abuelo, que aún tenía contacto con el Kodokan de Tokio, la escuela más importante del mundo del judo, no en vano era 10.º dan, el grado más alto que existe, se preocupó de que Cheng aprendiera todo el arte que él llevaba dentro. Desde los tres años se encargó de enseñarle toda su sabiduría, no solo judo, también *jiu-jitsu* antiguo y kárate. Cheng dominaba a la perfección todas las artes marciales japonesas. En Madrid era un apreciado *sparring* que entrenaba en el centro de alto rendimiento, con todos los seleccionables de las distintas disciplinas. La verdad es que a nuestros campeones internacionales les costaba mucho poder dar con los huesos de Cheng en el suelo, sin duda sería un gran competidor si se lo propusiera.

—Ha sonado un disparo ahí dentro, la ventana se ha reventado —dijo Alba dirigiéndose al inspector—. Tenemos que entrar.

Decididamente, Alba tenía razón; había que entrar en la casa y ver qué estaba pasando, la pregunta era cómo entrar sin ser descubiertos. El inspector ya había salvado la vida ese día en una ocasión y no estaba por la labor de tentar a la suerte nada más que lo imprescindible.

Algo se le pasó por la cabeza y se fue hacia el detenido, que continuaba en el suelo, mientras refunfuñaba: «Cristo del Gran Poder».

18
Un detenido, un amigo

Con la euforia del momento se habían olvidado de él. El detenido seguía tirado en el suelo quejándose de vez en cuando de la costalada que le había dado Cheng. El chepazo había sido de los de exhibición, de esos que hacen los niños cuando los papás y las mamás van a ver lo que han aprendido.

—Espero que tengas una buena explicación, has podido matarme.

—Querido amigo, yo no soy capaz de matar ni una mosca, los cartuchos son de fogueo.

—Entonces ¿qué coño haces metido en este lío?

Alba y Cheng se miraban sin dar crédito a lo que veían y oían. El inspector y el detenido se conocían; hablaban con una confianza de las que dan los años de aventuras juntos, quizá fuera algún antiguo compañero. Comprobaron la munición de la escopeta y, efectivamente era cierto, todos los cartuchos eran de fogueo, tanto los cuatro que había en la recámara como otros cinco que llevaba el detenido en un bolsillo.

Entonces, el detenido entre lágrimas comenzó a hablar.

—Hace cinco o seis meses conocí a Lucía, la mujer más maravillosa que he conocido nunca, por fin una mujer de verdad a la que le gustaba siendo como soy y por lo que soy. Empezamos a vernos y a salir y me fue contando su historia. Una historia de éxito profesional que se mezclaba con el desprecio de un marido que era un golfo y que la trataba como si fuera una vieja decrépita que no estuviera bien de la cabeza. Ella lo sufría, lo quería y lo había querido más aún en el pasado, pero no podía perdonarle más, así que empezamos una relación que podría llamarse formal.

—No me jodas, parece *La casa de la pradera*, eso ya lo sabemos nosotros.

—¡Calla! No me interrumpas —dijo el individuo en tono malsonante—. Me enamoré de ella con locura, pero lo nuestro no podía ser; ella decía que no quería hacer daño a sus hijos ni hacer peligrar las empresas familiares. Sinceramente, creo que seguía enamorada de su marido y no se atrevía a decírmelo. Por eso decidí marcharme, me fui lejos hasta que hace unos días recibí una llamada.

Goycoechea comenzó a atar cabos, como a él le gustaba, pero tenía un par de ellos que no estaban bien atados, incluso quedaban sueltos. El marido era Philippe, eso estaba claro, pero ya estaba muerto, fingiendo que lo habían asesinado. Desde fuera poco tenía que ver con el caso, aunque había datos que lo incriminaban directamente.

—«Ven. Philippe ha muerto y necesito tu ayuda», me dijo. El hombre hablaba ahora en tono triste, entre sollozos. Me presenté aquí y desde entonces no me ha dejado quedar con ella, ni siquiera vernos unos minutos, solo instrucciones sobre lo que tenía ir haciendo, todas por WhatsApp. He obedecido todas y cada una de ellas al pie de la letra. No tenía intención de mataros y nunca me pidieron eso, lo único que tenía que hacer era espiaros y manteneros alejados.

—¿Cómo apareció el cadáver en la coctelería?

—Te juro, Michael, que no lo sé. Yo no he vuelto a ir a la coctelería desde que cerré el local y ahora creo que me he metido donde no debía ayudando a Lucía.

—¿Puedo saber cómo la conociste? —dejó caer el inspector.

—Una noche, ya cerrando, apareció en la coctelería. Pidió un *bloody mary*, algo muy raro ya en esta época, como tu Licor 43. Estaba cerrando y estábamos solos. Me preguntó por Philippe, qué días solía ir, qué hacía, qué tomaba. La verdad, me resultó muy raro, por lo que recelé de hablar más de la cuenta hasta que me dijo quién era. Todos sabíamos lo que hacía Philippe, era de dominio público. Me vi en obligación de contárselo todo, no se lo tomó mal, no era algo que desconociera o al menos eso aparentaba. Cuando decidió marcharse era muy tarde, la calle estaba vacía y ella no estaba en plenitud de facultades, por lo que me ofrecí para llevarla a su casa. Ella aceptó, ahí empezó la historia.

—Richard, si dices la verdad, te ayudaré, pero como me mientas pasaras la poca vida que te queda en la cárcel.

—Te he dicho la verdad.

Terminada la conversación, Richard comenzó a colaborar con Goycoechea o, al menos, eso aparentaba, pero no sabía cómo podrían entrar a la casa y ni siquiera sabían en que sala podrían estar, aunque el disparo les avanzaba la posición eso no era seguro y tratar de escalar hasta la ventana podría ser peligroso.

19
Otro muerto

Confusa, Emma observaba la dantesca escena que se abría ante sus ojos. Contenta por un lado porque había salvado su vida, al menos de momento y sorprendida por otro. Una desconocida había entrado en la habitación pistola en mano para quitar del medio a su asesino. Todo muy de película, no podía estar pasando en su vida. Jamás pensó meterse en estos líos, ella solo quería sacarse un dinero para vivir bien.

Mientras tanto, en el otro lado de la sala, con la cabeza apoyada en el brazo del lujoso sofá, Paz lloraba desconsolada, no podía creer lo que estaba pasando, había soltado la pistola, algo que tranquilizó a Emma.

Su madre, Lucía, apenas salía de su habitación en los últimos días y tampoco permitía a nadie entrar a verla, parecía que no tenía la cabeza en su sitio y Paz temía lo peor: el suicidio. Esa percepción de la realidad cambió dos días atrás, cuando Paz se acercó a la habitación y escuchó que estaba hablando por teléfono, era una de sus largas conversaciones, con un interlocutor desconocido. Algo en la conversación despertó la curiosidad de Paz.

—Debemos hacerlo discretamente, es muy sencillo. La coges y me la traes; yo ya me encargo del resto. No te preocupes, que no le pasará nada, pero esta zorra tiene que pagar por lo que me ha hecho.

Estas palabras pusieron a Paz en alerta y a partir de ahí comenzó a indagar tanto en los contactos y llamadas de Lucía como en los movimientos de la empresa y las redes sociales. La apariencia de normalidad contrastaba con algunos detalles que Paz iría hilvanando con tranquilidad, pero con mucha precaución. Vivía en un sinvivir, cerraba la puerta de unión de las dos viviendas y procuraba que alguien más pasara las noches con ella.

Lo ocurrido aquel día no le resultó descabellado, pero le pilló por sorpresa. Había oído voces en la habitación de al lado, Lucía discutía acaloradamente con un hombre, pero en la casa, supuestamente, no había nadie más. Hablaban de seguir con el plan y, lo que más le chocó, de repartirse la fortuna de Philippe. «No puede ser», pensó.

Esa misma mañana había recibido la llamada de su hermano Felipito desde Milán preguntando por la salud de Lucía y si sabía algo de su misterioso novio. Algo se le vino a la cabeza: él decía estar en Milán y el número desde el que llamaba era italiano, pero su Facebook le situaba en Madrid. Paz había confiado todos sus hallazgos a su hermano y ahora se daba cuenta del error que había cometido, Felipito sabía todos sus movimientos y también los de su madre.

Se mantuvo sigilosa escuchando la discusión para intentar enterarse de algo más y así fue. Sus sospechas se iban materializando en algo que nunca hubiera querido que pasará. Allí estaba Emma, su madre, con ayuda de su hermano, iba a matar a la chica. No sabía cómo, pero pensaban hacerlo. La conversación proseguía y ante la negativa de Lucía el hombre se iba acalorando más: «Mataremos a esa furcia y después a tu hija. ¿Está claro?», espetó al fin.

Un escalofrío recorrió el cuerpo de Paz haciéndola temblar de arriba abajo, desazonando su semblante: pensaban matarla.

De repente, se acordó de su padre. Philippe la había avisado muchas veces: «Ten cuidado con tu hermano, es egoísta y mala persona; hará lo imposible por quedarse con todo», le decía con una seguridad que a la propia Paz le daba miedo. Philippe se había encargado de evitarlo antes de morir nombrando a Paz alto cargo de la empresa con un sueldo mucho mayor del habitual y puliendo parte de su fortuna en lujos y caprichos, pero aquello iba más lejos de lo que Philippe había podido imaginar. «Ha matado a papá y ahora matará a esa chica y después a mí», pensaba Paz.

Paz no dudó. Sabía dónde guardaba su padre su arma y lo cogió. No le gustaba que hubiera armas en casa, pero ese día agradeció tener un revólver a mano. Al volver la discusión se había calmado y ya no se oían gritos. Se acercó a la habitación y allí estaba Lucía dormida, posiblemente sedada después de haberse tomado algunas pastillas para dormir.

Se dirigió al salón y, sin pensarlo, abrió la puerta y disparó. Justo a tiempo de salvar a Emma, cinco segundos después hubiera habido dos muertos en lugar de uno. El disparo fue certero, a la altura de la mandíbula de Felipito, entre la oreja y la boca, le hizo caer al suelo desplomado y sin vida.

Había matado a su hermano, pero había salvado a una inocente y quién sabe si se había salvado ella misma.

20
La casa

La puerta del garaje se abrió y al fin pudieron entrar.

—No me jodas, Richard, que llevamos dando vueltas media hora.

Y seguirían dando vueltas de no ser por el *déjà vu* que había vivido Richard al pasar por delante de la puerta del garaje. Lo recordaba como si hubiera sido hacía diez minutos. La segunda ocasión que trajo a su casa a Lucía le preguntó si podía pasar al baño antes de continuar. Ante la sospecha de Lucía de que pudiera ser una argucia para entrar, esta le dio permiso para que entrara a un pequeño aseo que tenían en el garaje para uso del jardinero y de la gente que trabajaba en la finca. Richard entró. Al salir, Lucía le despidió cerrando la puerta. Algo, en cambio, llamó su atención. Cuando se dirigió a su coche, que había dejado justo en la puerta en el mismo vado y accionó el mando para abrirlo, la puerta se volvió a abrir. Se quedó mirando por si Lucía se decidía a dejarle entrar, pero tras la puerta no había nadie. Había que probar suerte, quizá el mando del viejo Kia tenía la misma frecuencia que el del garaje. Efectivamente, al apretar el botón de apertura, la puerta se abrió como si fuera la cueva cuando llegaba Alí Babá.

—Dime que conoces la casa —dijo Goycoechea.

—Te digo lo que quieras, pero del baño del garaje no he pasado nunca.

Entraron a la vivienda desde el garaje y se encontraron con el primer conflicto. Al pasar una primera puerta, se llegaba a un rellano con dos puertas, cada una para entrar a una de las viviendas en que estaba dividida la casa. Más que resolver un crimen parecía que estaban en un programa de *Humor Amarillo*. Afortunadamente, Alba tenía una orientación espacial sobresaliente y se decidió enseguida.

—La contraria a la situación del jardín —dijo resolutiva—, a la izquierda.

—Y ahora ¿para dónde?

Alba se sentía poderosa siendo la voz del GPS, le parecía increíble que ninguno de los tres que le acompañaban tenían sentido de la orientación.

—Hombres… —dijo al fin mientras sonreía.

El inspector murmuraba en voz baja, era de la vieja escuela y aquello de que un novato le enseñara no lo llevaba bien y el conflicto interno era aún peor si el novato era una novata. Resquicios de una vieja y errónea educación.

—No rece usted, que se hace viejo —continuó Alba en tono jocoso.

A pesar de la situación del momento, todos rieron, aunque en silencio, menos el inspector, que seguía refunfuñando y murmurando entre dientes.

Mientras todo esto pasaba, Alba no dejaba de avanzar, había seguido por un pasillo más angosto de lo habitual por la extraña partición de la vivienda. Al final del pasillo había llegado a un salón en el cual había, al fondo, una elegante escalera de caracol. Subieron por ella y a partir de ahí extremaron la precaución.

Sala por sala y habitación por habitación, el inspector y Alba fueron registrando una a una las estancias de la sala. Chuchi y Richard esperaban abajo a que se les ordenará subir o a que algún acontecimiento les dijera como actuar. En la calle, mientras tanto, se oían acercarse las patrullas, avisadas por los vecinos al oír los disparos.

Abrió la puerta corredera y la vio. En la silla, atada, y demacrada por las desventuras de las horas previas. La escena revolvió el estómago de Alba. Junto a Emma, el cadáver de Felipito, al que literalmente le habían volado la tapa de los sesos.

—Está aquí. Venid rápido —dijo por fin.

—Cuidado, en algún sitio debe estar la jeringuilla —dijo Emma después de haber sido liberada por Alba, que también le había quitado la mordaza que le impedía hablar.

Nadie sabía a qué jeringuilla se refería. En la escena había un cadáver y, sobre el sofá, un revólver del calibre 38 especial, como el que utilizan los vigilantes de seguridad.

Emma comenzó a hablar:

—No sé cómo he llegado hasta aquí, alguien me secuestró y terminé aquí atada en esa silla. Con una jeringuilla iban a inyectarme alguna sustancia que me haría morir. Estaba a punto de hacerlo cuando se abrió la puerta, apareció a lo lejos, con la pistola. Disparó y lo mató, pero no dijo nada, solo cayó llorando sobre el sofá, no puede estar muy lejos, acaba de salir. Es una mujer.

—Me ordenaron secuestrarla, no sé nada más, de verdad, inspector —apuntó Richard.

—Ya sabemos cómo has llegado hasta aquí —dijo Alba mientras dirigía una mira inquisitiva a Richard.

El inspector salió de la habitación y Alba con él. Había que encontrar a aquella mujer, fuera quien fuera, había salvado la vida de Emma, aunque sobre ella se cernían muchas incógnitas. El arma utilizada era del mismo calibre que la empleada para simular el asesinato de Philippe. Quién sabe si era la misma arma; lo cual convertía a la misteriosa salvadora de Emma en sospechosa del asesinato de Philippe, y con ese eran dos homicidios. Por otro lado, *su conciencia buena* le decía al inspector que nada tenía sentido, por qué iba a simular matar a Philippe y luego, con la misma arma, matar a otra persona en casa de Philippe. El inspector aún no sabía quién era el fallecido ni tampoco la autora del disparo.

Mientras Goycoechea divagaba en su cabeza, llegaron a la última habitación. La puerta estaba cerrada, dentro no se oía nada, pero no quedaban más opciones, si había alguien en la casa, tenía que estar allí. Se unieron Chuchi, Richard y Emma, que ya se había recuperado. La adrenalina en grandes dosis hace milagros en los cuerpos.

El inspector se abalanzó con todas sus fuerzas sobre la puerta. Le costó tres empellones, pero al final la puerta cedió.

La escena les pareció entre tierna, emotiva y lamentable.

21
Madre e hija

La escena les pareció entre tierna, emotiva y lamentable. Allí estaba Lucía, postrada en la cama, semidesnuda y aparentemente inconsciente. A los pies de la cama sentada y envuelta en un mar de lágrimas estaba Paz, hablando a su madre como si esta la estuviera escuchando atentamente. Lucía, sencillamente, dormía con placidez bajo los efectos de los distintos sedantes y tranquilizantes que tomaba, que no eran pocos. Llevaba años automedicándose, pero esta costumbre ya estaba empezando a resultar una práctica peligrosa más propia de un yonqui de las pastillas que de una persona en su sano juicio.

—Perdona, mamá, pero he tenido que hacerlo. La pistola de papá estaba aún en su sitio, gracias a Dios. La cogí y la disparé como papá me enseñó. Te juro que no quería hacerlo, pero iba a matar a esa chica —disertaba Paz en voz alta ajena a los espectadores que la estaban escuchando. El shock vivido había hecho que se aislase en sus pensamientos sin caer en la cuenta de todo aquello que le rodeaba. Involuntariamente había confesado el crimen.

Mientras tanto, comenzaban a llegar los coches patrulla, el SAMUR y demás equipos de emergencias. La policía había acordonado la habitación donde, aún caliente, se encontraba el cadáver de Felipito y habían guardado el arma cuidadosamente en una bolsa antes de la llegada de la policía científica. Registraron la habitación, fotografiaron e inspeccionaron cada rincón en busca de todas las pistas e indicios posibles, aunque lo que había sucedido estaba bastante claro. Una y otra vez, revisaron la habitación en busca de una jeringuilla y un vial de alguna sustancia con etiqueta de «Vacuna de COVID-19».

Mientras era atendida por el SAMUR, Emma dijo a la policía que cuando entró Paz y disparó contra su hermano, este se disponía a asesinarla con algún tipo de sustancia que pretendía inyectarle. Repetidas veces, Emma insistió en su versión de los hechos y de la existencia de la jeringuilla, pero los investigadores no conseguían encontrarla y pensaron que quizá estaba afectada por la situación, a pesar de las pocas horas que llevaba secuestrada no era disparatado pensar en que pudiera padecer el síndrome de Estocolmo y eso hiciera que tratara de encubrir a su secuestradora vaya usted saber por qué motivo. Eso también significaba que quien la había secuestrado u ordenado secuestrar era Paz.

Goycoechea y Alba no tenían ninguna duda que decía la verdad y que por alguna extraña circunstancia la jeringuilla había desaparecido, pero debería haber desaparecido en manos de alguien, las jeringuillas no acostumbran a irse solas de los sitios. Había pocos candidatos y aquello era muy raro, tan raro como el resto del caso. Una serie de personajes sin relación aparente entre ellos habían aparecido unidos en una situación ajena a todos y no sabían qué extraña alineación de planetas hacía que ocurrieran cosas inexplicables dentro del cerebro de un inspector de policía con una vasta experiencia.

Se llevaron detenidos a Paz y a Richard, mientras ambos aseguraban que nunca habían hablado entre ellos, lo cual era cierto.

Lucía, mientras tanto, era trasladada al hospital de la Paz en estado de semiinconsciencia y ajena a todo lo que sucedía subida en su globo de sedantes y tranquilizantes.

22
Desconcierto en la oficina

Horas después, ya de mañana, Goycoechea llegó a la oficina un poco más tarde de lo habitual. La noche toledana vivida horas antes le pasaba factura y exhibía unas ojeras y una cara de cansancio poco habitual en él, un hombre con algunas costumbres más adecuadas para un *sir* inglés que para un policía a punto de jubilarse, fumador de Ducados y natural de Dos Hermanas. Recordaba nostálgico su juventud cuando nada se le ponía por delante y estas cosas las hacía día sí día también, cuando no era por trabajo era por irse de farra hasta la hora de llegar a la comisaría.

Sacó un café de la máquina, o lo que aquello fuera, y subió por la vieja escalera mientras pensaba en cómo iba a salir del lío en que estaba metido. Mientras subía, observaba a un lado y a otro esperando despejar su mente ya fuera con una ráfaga del aire acondicionado o ya fuese con el sorbo de aquel brebaje que había salido de la máquina. Cuando abrió la puerta, volvió a la realidad, muchos informes, documentos y papeles sobre la mesa y ninguna conclusión al respecto.

De inmediato se sumergió en la marabunta de papeles. Los agentes que habían intervenido la noche anterior habían cumplido con profesionalidad y rapidez y todo estaba debidamente documentado sobre su mesa a primera hora. Comenzó de nuevo nota por nota, informe por informe, desde el primer día, nada de aquello le cuadraba, todo era extraño y el puzle de sucesos era uno de esos de cinco mil piezas en las que el azul del cielo es igual en todas las piezas que lo representan.

Media hora después, con un café en una mano, Alba entró en el despacho, en la otra mano llevaba una carpeta llena de papeles y una sonrisa que no le cabía en la cara. «Creo que el caso está resuelto, el arma que mató a Felipito es la misma que simuló matar a Philippe. Paz es la sospechosa principal y está detenida». Resolver el primer caso de su vida profesional de esa forma llenaba a Alba de orgullo y satisfacción. Lamentablemente, esa sensación le duró muy poco.

—Alba, mi querida novata, no sabemos por qué Philippe ha muerto, ni sabemos quién lo ha matado, ni quién ha disparado el arma para simular su asesinato. Paz le voló la tapa de los sesos a su hermano que a su vez iba a matar, no sabemos de qué forma ni con qué sustancia, a Emma. A su vez, Lucía le daba órdenes a Richard para que secuestrara a Emma… ¿No te parece todo muy raro?

—El fiscal ha acusado a Paz, dice que hay indicios suficientes.

—Paz es inocente, de eso estoy seguro, pero no puedo demostrarlo. Hay que buscar la famosa jeringuilla y saber cómo coño llegó el cadáver de Philippe a la coctelería, esa es la madre del cordero.

—Inspector, la madre del cordero es por qué Paz mató a su hermano y por qué simuló que habían asesinado a su padre.

—Emma asegura una y otra vez que Paz le salvó la vida matando a su hermano y Richard no conocía a Paz, la madre sigue sedada en el hospital. Algo no es lo que parece, Alba, y vamos a seguir investigando.

—Inspector, si no aparece la jeringuilla…

—Pues hagamos que aparezca y solucionemos esto de una puta vez.

La frase del inspector sonó como una orden, pero aquella misión no era tan fácil. En sus propias narices, alguien se había llevado una de las pruebas más valiosas del caso y, en ausencia de esa prueba, quizá una inocente fuera a la cárcel, lo que daría el caso por cerrado sin ninguna conclusión real de lo sucedido. Alba no sabía cómo continuar y por la conversación mantenida Goycoechea tenía la misma sensación, habían llegado al final de la carretera, no había camino por donde continuar y eso les obligaba a pensar fuera de toda lógica, a imaginar como si de un cuento o del guion de una película se tratara. No era nada fácil.

Sentados los dos en el despacho, removieron una y otra vez los papeles, las fotos y los informes sin ningún resultado. Todos los caminos iban a parar a una vía muerta desde donde no se iba a ningún sitio, ahí volvían a terminar y otra vez a empezar.

Había un elemento que llamaba la atención de ambos, pero que ninguno mencionaba: Chuchi. Que el doctor Cheng apareciera en el sitio donde ellos estaban citados haciendo una entrada triunfal justo en el momento más necesario era algo que se les escapaba a la comprensión, pero ambos guardaban un precavido y discreto silencio al respecto.

El teléfono de Alba comenzó a vibrar: era Emma.

—Alba, me gustaría verte, por favor.

—Por supuesto, tú dirás.

—En media hora nos vemos en la cervecería Santa Bárbara, te espero en la puerta.

La conversación fue corta, directa y concreta. Se notaba a Emma bastante tranquila y con dificultades para vocalizar. Después de lo acontecido la noche anterior le habían dado un coctel de pastillas para tranquilizarla que todavía estaban haciendo su efecto. Lo raro era que estuviera despierta tan pronto, pero los nervios de lo que sentía en su interior peleaban por salir con las sustancias químicas de las pastillas que había tomado. A veces el cuerpo te exige que hagas cosas que no son comprensibles para el resto de los mortales, pero la culpa le consumía en su fuero interno.

—Ve e intenta que te cuente algo que no sepamos —dijo el inspector—. Yo me voy a acercar a Navalcarnero, a la cárcel, a ver a Richard para me cuente una vez más y despacito lo que ha pasado. Nos vemos aquí esta tarde, sobre las ocho.

Alba asintió y ambos salieron por la puerta con destinos distintos pero con un mismo objetivo: tratar de enterarse de algo que no supieran ya. Alguna cosa que les permitiera ir encajando las piezas, esas que eran todas azules como el cielo y que era imposible ordenar.

23
La cita

Alba cogió el metro en Callao y a esas horas no había mucha gente, pudo sentarse y dejarse llevar por sus pensamientos hasta llegar a la estación de Alonso Martínez, que era su destino. Sentada con su *e-book* abierto por ninguna parte, no dejaba de dar vueltas a todo lo que estaba pasando a su alrededor. Tenía la cabeza como una lavadora centrifugando a mil por hora y no sabía ni que pensar ni por dónde empezar, de repente algo dentro del vagón llamó su atención.

Había oído hablar de músicos y de todo tipo de artistas o pseudoartistas que iban de vagón en vagón demostrando sus habilidades mientras pedían una ayuda para poder subsistir en la gran urbe. Muchos de ellos sacaban un sueldo más que interesante e incluso, si eran lo suficientemente buenos, les podía llegar alguna oportunidad en forma de contrato.

Pero nunca había oído hablar de juglares. Al vagón subió un juglar, con atuendo de la edad media e incluso un pequeño laúd que, aunque no lo utilizaba, le daba empaque a su personaje.

Sin duda, lo de menos era el personaje, lo que estaba contando era algo que interesaba sobremanera a Alba. Hablaba de una historia de alguien que escapó de no sé qué asedio de no sé qué edificio a través de una serie de túneles que iban de unos sitios emblemáticos a otros de la ciudad. No sabía si eran reales o solo producto de la imaginación de nuestro improvisado protagonista, pero lo que sí era cierto es que podría ser la explicación de como apareció el cadáver en la coctelería sin verlo nadie.

Su cabeza seguía en ebullición. Los supuestos túneles iban de edificio a edificio, pero todos históricos y emblemáticos, no tenía mucho sentido un túnel en una rancia coctelería. Por otra parte, la rancia coctelería estaba situada en un sitio muy estratégico, en un edificio muy antiguo y con varios edificios históricos al lado, lo que ampliaba las posibilidades.

«Quizá en algún sitio puedan decirme algo sobre la existencia o no de esos túneles diseñados para los tiempos de guerra u otros tiempos en los que hubiera algo que ocultar», pensaba Alba.

Pensó en el Ayuntamiento, en la Biblioteca Nacional e incluso en la oficina del catastro o el registro de la propiedad, pero desechó todas las posibilidades, preguntar de forma oficial en según qué sitios siendo policía podía despertar el león que suponía la prensa metiendo las narices en un asunto tan turbio como este, tendrían noticia para varios meses y entorpecerían mucho la investigación.

Sumida en su desasosiego había llegado. Salió del metro en la plaza de Santa Bárbara y echó un vistazo a su alrededor. Enfrente la cafetería Santander, una serie de calles que salían en todas las direcciones y justo sobre ella un cartel de la USO. Le llamó la atención porque era el sindicato al que había pertenecido mientras fue vigilante y al que aún pertenecía su madre.

Unos metros más abajo divisó una figura inconfundible, esperando sentada en la terraza de la cervecería donde habían quedado estaba Emma frente a una tetera con una infusión de manzanilla y otra de poleo mezcladas, sin duda buscando que le templara el cuerpo y también los nervios.

A Alba no le había dado tiempo a tomar asiento cuando Emma empezó a hablar.

—Habéis metido en la cárcel a alguien que es inocente. Cuando me secuestraron y me llevaron a la mansión donde estaba retenida la chica, no estaba. Y no solo eso, sino que yo nunca la había visto hasta que apareció para disparar. El que me secuestró y pretendía matarme era él y la otra mujer. Minutos antes del disparo había estado allí, hablándome y amenazándome, me acuerdo perfectamente: «A cada cerdo le llega su San Martin», me dijo.

Nada nuevo en su versión de los hechos, todo eso que Emma estaba diciendo ya lo sabía Alba, constaba en la declaración. Por un momento, Alba pensó que Emma necesitaba hablar para desahogarse y no se le había ocurrido mejor psicólogo que ella misma que, además, estaba al tanto de todo lo que quería contarle. Emma proseguía su monólogo:

—Todo esto que te estoy diciendo ya lo sabes, habrás estudiado todas mis declaraciones y, además, te lo he contado ya varias veces.

—El inspector está convencido de que dices la verdad y de que Paz es inocente y se ha empeñado en seguir investigando —replicó Alba.

—Hay una cosa que vi y que no he contado, además, lo negaré siempre que me lo pregunten. Sé que no habéis sido capaces de encontrar la sustancia que me querían inyectar. El inspector me dijo que sin eso no me iban a creer. Cuando fui al baño a lavarme, después de tirar la puerta de la habitación abajo, empezaron a entrar policías por todos los lados y a poner cintas por todos los sitios. Entre ellos entró una mujer. La mujer no vaciló ni un instante, sabía dónde tenía que ir y lo que tenía que coger. Entró, se agachó y se guardó la jeringuilla y el bote de lo que aquello fuera en una bolsa. Al principio pensé que era policía, pero luego no la vi más en toda la noche y el inspector confirmó mis sospechas de que la policía no había encontrado nada.

Alba no daba crédito a lo que escuchaba. Según esa versión, una mujer desconocida se habría colado entre la policía y se habría apoderado de algunas pruebas sin que nadie se diera cuenta. Otra rareza más que incluir entre los miles que ya tenía el caso. Si la mujer se coló entre la policía, alguien lo tuvo que permitir o alguien la conocería, si no sería muy difícil hacer algo así. Otra opción es que la mujer estuviera dentro de la casa, pero habían revisado todas las habitaciones y allí podría asegurar que no había nadie. La historia tornaba de trágica a rocambolesca por momentos y de rocambolesca a misteriosa y así iba pasando por diferentes estados según el ánimo que tuviera Alba en ese momento.

—Siento no poder darte más datos, Alba. La mujer entró con la policía y yo no sospeché nada, por eso no me fijé apenas en ella y continué mi camino hacia el baño, necesitaba hacer pis y refrescarme un poco.

—No importa, Emma. Lo importante es que ya sabemos que la jeringuilla la hicieron desaparecer y no desapareció como en un espectáculo de Jorge Blas, por arte de magia. Además, las únicas personas que creemos tu versión somos Goycoechea y yo, con lo cual has ido a contárselo a la persona idónea.

Estuvieron todavía un rato más mientras se tomaban una infusión y una jarra de cerveza respectivamente. A Alba la gran ciudad le daba mucha sed. Hablaron de cosas más mundanas y de cómo se encontraban la una y la otra, cosas de chicas que dirían ellas mismas si les hubiéramos preguntado. Al cabo de un rato, se despidieron con la promesa de volverse a ver y de llamarse si había alguna novedad.

Alba volvió al metro, donde observaba todas y cada una de

las puertas que veía. Incluso se bajó en algunas estaciones para poder estudiar las infraestructuras con más detenimiento. Tenía tiempo, había quedado a las ocho y todavía eran las 17:30, así que se dedicó a buscar los imaginarios túneles que, gracias al juglar, había conocido un par de horas antes, aunque este nunca dijo que hubiera ninguno en el metro. Raro sería que al hacer los túneles no se hubieran topado con aquellos que ya estaban hechos para otros menesteres.

24
¿Para qué?

Vibró el teléfono. «Te espero en el ascensor del metro», decía el wasap del inspector. De inmediato, Alba planeó sus movimientos para llegar hasta allí. Llegaría en metro por la línea 3 hasta plaza de España, después de hacer trasbordo en la estación de Callao. Una vez allí, bajaría las escaleras mecánicas hasta la línea 10, para salir por la salida del Conde de Toreno, es decir, para subir por el famoso ascensor. No tenía ninguna esperanza de encontrar nada mientras recorría ese tramo, pero ya tenía ganas de conocer el ascensor por dentro.

Llegó a su destino y comenzó el camino dentro de la estación de Plaza de España para llegar hasta el ascensor. Mientras bajaba los tres tramos de escaleras iba fijándose en todas las puertas, en los empleados, en los vigilantes. Quería saber por dónde entraban y salían, adónde daban todas esas puertas, qué habría detrás de ellas. Sumida en sus pensamientos, llegó a su destino: el ascensor.

Cogió el ascensor, que, a pesar de una botonera con varios pisos, solo dejaba ir hasta el nivel de calle, el resto era solo para personal autorizado. Unos cuarenta y cinco segundos de subida, una subida demasiado larga para un solo piso que le hizo volver a pensar en los túneles que todavía no tenía claro si existían o no.

Lo único claro es que estaba al lado del sitio donde había aparecido el cadáver de Philippe y que por algún sitio habían tenido que meterlo. Todas esas plantas en las que no paraba el ascensor despertaban su curiosidad, pero no creía que fueran nada más que salas de máquinas e infraestructura propia del funcionamiento de toda la red de metro.

Goycoechea esperaba fumando un Ducados. Observaba la calle, el devenir de la gente y el tráfico, el paso de la policía, todos los detalles. No era algo nuevo, lo llevaba haciendo ya varias semanas sin resultado alguno. En la calle no había ninguna tranquilidad, el trasiego de gente y de vehículos era constante, lo había observado a todas horas. A las horas de mediodía, cuando alguien descargó y dejó ahí un cadáver, lo máximo habían sido cuarenta y cinco segundos sin pasar nadie por la calle. «Imposible», pensaba.

Alba le tocó en la espalda y Goycoechea dio un respingo.

—¡Tu puta madre! —espetó.

Alba se rio. No esperaba que el inspector diera tal respingo.

—Nada —dijo Goycoechea—. Llevo aquí más de una hora y nada. No veo ninguna manera de meter nada en ningún edificio de estos sin que lo vea nadie. Hay cinco bares y pasan coches constantemente, no me lo explico.

—Quizá por los túneles —dijo Alba.

—¿Por el metro? —preguntó retóricamente el inspector bastante perplejo—. A esas horas para un tren cada cuatro minutos, es imposible y además hay que acceder después a la coctelería. Lo siento, Alba, no lo veo.

—No, inspector, los túneles que atraviesan Madrid de unos edificios a otros. Los que se construyeron en las distintas guerras.

El inspector se quedó pensativo, nunca había contemplado aquella posibilidad y Alba se la había traído a la cabeza. Era muy probable que pudiera haber algún túnel de esos por la zona, otra cosa es que llegase hasta el bar de su amigo. La hipótesis era muy acertada, que fuese una realidad no dejaba de ser una fantasía como esas que uno tiene con la vecina, algo imposible.

Partieron andando rumbo a la comisaría. Mientras caminaban, Alba le contaba a su compañero la conversación con Emma. El hecho de que una mujer entrara allí para llevarse algo que no sabían qué era y después se marchara del lugar sin decir ni buenas noches impresionó al inspector tanto como había sorprendido unas horas antes a Alba. Goycoechea, en cambio, no había sacado nada en claro de su conversación con Richard.

—De lo que pasó anoche ya no me sorprende nada —dijo Goycoechea—. Pero que se nos cuele una intrusa y se lleve la prueba principal ya es el colmo.

—Yo creo que no es una intrusa —dijo Alba.

—No tiene sentido si no es una intrusa. ¿Quién de los nuestros iba a llevarse una prueba? —contestó Goycoechea.

—Creo, inspector, que se está haciendo la pregunta equivocada, la pregunta no es quién, eso nos da igual. La pregunta es para qué.

Goycoechea quedó sorprendido, una vez más, por la inteligencia de la novata a la hora de sacar conclusiones. Efectivamente, alguien había cogido esas pruebas por algún motivo que desconocía, quizá era porque no quería que se supiera el tipo de sustancia que allí había, pero si eso era así, ese alguien tenía que saber qué era aquello.

No le constaba ninguna investigación acerca de ninguna sustancia nueva, quizá alguna droga de diseño de reciente invención; tampoco estaba al tanto de ninguna banda de traficantes por la zona, esto descartaba un tema de drogas. Pensó en el CNI, pero tampoco era su forma de actuar.

—Llevas razón, Alba, hay que enterarse de para qué —concluyó finalmente.

25
La jeringuilla

—¡Bingo! —exclamó entusiasmado.

—Espero que sea lo que buscábamos porque nos hemos jugado nuestras vidas y nuestros curros por esta mierda.

—Lo es. Estoy seguro.

Unos días atrás le habían llamado de la policía de Japón. Un familiar cercano trabajaba allí y estaban siguiendo un envío de una sustancia muy peligrosa y mortal de necesidad que, sin embargo, solo estaba prohibida y controlada en el lejano país oriental. El envío había llegado hasta Italia y allí le habían perdido la pista, hasta que unos días después, en un vuelo desde Milán, habían detectado un vial de una presunta vacuna de Covid-19. Poco podían hacer, salvo intentar contactar con alguien de España que les creyera y quisiera intentar recuperar la sustancia, ya veríamos cómo, porque en España apenas se conoce y no está expresamente prohibida.

El doctor Cheng era sobrino de uno de los agentes encargados del caso y no dudó en ponerse al servicio de su tío y a la vez comprometer a todo el que podía para la causa.

Sin embargo, nada estaba previsto tal y como ocurrió. Cheng, ayudado por su tío y algún agente más, debería haber llegado a la casa, haber entrado y haberse llevado el vial sin ningún problema. Habían estudiado varias veces cómo hacerlo a qué hora hacerlo y todo era sencillo. Los *ninjas* eran capaces de eso y de mucho más.

Los acontecimientos de la noche no acompañaron. El inspector, Alba, Richard…; mucha gente allí que no debería haber estado allí. Tuvo que intervenir en auxilio de Alba y del inspector, lo que le hizo descubrirse y tener después que justificarse con una tontería de un localizador colocado en el arma de Alba. Afortunadamente, había colado y nadie había sospechado nada.

Cuando daba todo por perdido, la jeringuilla y el vial habían desaparecido de la escena sin saber cómo. Nadie los encontraba a pesar de buscarlos una y otra vez.

Lorena, su jefa, no había dejado de vigilarle ni un solo momento ni tampoco de protegerle, le tenía especial cariño. Aprovechándose de su posición y de que conocía a la mayoría de los policías de la zona, logró colarse en la escena del crimen, diciendo que era enviada del juez de guardia para levantar el cadáver. En lugar de eso buscó aquello que tanto interesaba a Cheng, se lo guardó y se lo llevó al laboratorio. Estaba deseando poder contárselo a Goycoechea sabiendo que le diría de todo menos bonita, pero de momento había que esperar.

—Tetrodotoxina, jefa —dijo Cheng—. Esto es lo que busca mi tío.

—Es capaz de matar a una persona en pocos minutos y de diluirse en pocas horas, mata sin dejar rastro —aseguró Lorena.

—Así es, jefa —replicó Cheng.

—Cheng, ¿crees que esta sustancia es la culpable de la muerte de Philippe?

—Técnicamente, jefa, podría serlo, pero no es tan fácil de conseguir. El vial que le hemos quitado a la policía llegó varios días después de la muerte de Philippe. Sinceramente, no lo creo, y aunque lo creyera no lo puedo demostrar, recuerde que somos médicos.

Quedó Lorena un poco decepcionada por las conclusiones de su ayudante que, además, eran ciertas. Había que añadir que, además, habían simulado su asesinato con un arma de fuego, lo cual era incongruente; matarlo con veneno que no deja rastro para fingir matarlo de un disparo. Debía hablar con el inspector y su ayudante cuanto antes y contarle toda la historia.

Decidió llamarle por teléfono y contarle la historia.

—No me jodas, Lorena, ¿no me lo podías haber dicho antes? —el tono del inspector era entre enfadado y aliviado.

—Sabes que no, estas cosas son muy delicadas, si hubiera metido la pata no se lo hubiese podido contar a nadie —dijo Lorena.

—¿Pudo Philippe haber muerto con esa sustancia? —preguntó el inspector.

—Desde luego, con ese lote no, ha llegado después de su muerte y los japos dicen que no hay ninguno más en España. Así que lo siento, pero no, con el tema Philippe seguimos en el mismo sitio.

—Al menos soltarán a Paz, sabía que era inocente —dijo satisfecho el inspector.

Cuando colgó el teléfono, el inspector quedó frustrado. Todo se iba resolviendo alrededor de la muerte de Philippe, menos la muerte de Philippe. Se estaba convirtiendo el caso en un asunto de amor propio y no estaba dispuesto a dejar su último caso sin resolver.

26
El reencuentro

Habían quedado en la puerta de la coctelería. Emma, agradecida, quería conocer y saludar a Paz y, a su vez, Paz quería ver *in situ* aquel lugar del que tanto le habían hablado en los últimos días, pero que ella no conocía. Paz había llegado un poco antes, paseando por la Gran Vía y pensando en todo lo ocurrido. Sin duda, no reconocía a su madre en lo sucedido, pero le sorprendía más aún lo que Felipito había intentado hacer. Tenía claro que ella era la niña de papá y Felipito el nene de mamá, pero no podía sospechar que su hermano estuviese dispuesto a matar a una persona para salvaguardar el honor de su madre.

Aparte de eso, a Paz le preocupaba mucho que le hubieran mentido. Según lo que decían, Felipito estaba en Milán, incluso cuando recibía llamadas lo hacía desde un móvil con un número italiano mientras las ubicaciones de sus redes estaban en Madrid. «¿Qué pretendían con esas mentiras? Yo no tenía nada que ver con los asuntos de faldas de papá —pensaba—. ¿Acaso sospechaban que yo le encubría? Si a mí nunca me confiaba este tipo de asuntos», se decía.

Y era cierto, Paz era la mano derecha de Philippe en los negocios, pero en los asuntos extralaborales Philippe guardaba el máximo secreto y ni siquiera ella estaba al tanto. Además, en la empresa Felipito no quería saber nada y Lucía se había desentendido hacía ya algunos meses. Paz pasó a ser quien dirigía las empresas y negocios por dejadez del resto de los afectados más que por la ambición personal que pudiese tener. Philippe se lo reconocía una y otra vez, pero, al parecer, para el resto era más un estorbo que una ayuda.

Embebida en sus pensamientos, a lo lejos advirtió que llegaba Emma con mucho mejor aspecto que la primera y única vez que se habían visto.

Por su parte, Emma la reconoció enseguida, apresuró el paso hasta llegar a su altura y se saludaron efusivamente como dos amigas que hace mucho que no se ven o una pareja de enamorados que se reencuentran en el aeropuerto a la llegada de uno de ellos tras un largo viaje.

—Gracias… —repetía una y otra vez Emma. No en vano estaba viva gracias a la actuación decidida y rápida de Paz matando a su propio hermano.

—No tienes que dármelas, tú hubieras hecho lo mismo en mi lugar. Además, yo era la siguiente de la lista, te matarían a ti y después a mí para poderse quedar con la empresa. Quién sabe si yo no hubiese aparecido muerta en la coctelería —aseguró Paz, bastante convencida de sus palabras.

—Pensé que estabas en la cárcel —dijo Emma.

—Y lo estaba. Ayer por la tarde noche me llevaron ante el juez. Al parecer, la jeringuilla con la que iban a pincharte contenía algún tipo de veneno mortal. La encontraron los médicos forenses que la analizaron antes de decir nada a la policía. En cuanto se enteró ese inspector amigo tuyo llamó al juzgado y cuando tomaron declaración a unos y otros me soltaron. Estado de necesidad alegó mi abogado y aunque sigo de momento acusada, estoy en libertad —Paz narró su historia con preocupación.

—Y… ¿tu abogado qué opina? —preguntó Emma.

—Dice que, a la vista de las nuevas declaraciones y pruebas, es casi seguro que saldré inocente —dijo Paz respirando hondo; parecía mucho más tranquila.

—Eres inocente, ¡me salvaste la vida! —dijo Emma—. Aquí solíamos quedar tu padre y yo. Le esperaba en la esquina de arriba, yo nunca entraba al bar. Desde ahí le enviaba un wasap y salía a recogerme para luego ir adonde hubiéramos acordado —explicaba Emma—. La verdad es que tu padre era todo un caballero.

—Dicen que ahí dentro es donde apareció su cuerpo, ya muerto y con un disparo —contestó Paz.

—Así es —ratificó Emma la versión—, pero no murió del disparo y la policía está de cabeza porque tampoco saben cómo pudo llegar el cuerpo hasta ahí sin que nadie lo viera.

—Además, dicen que no pudieron matarlo con el mismo veneno con el que pretendían matarte a ti, así que todo está como al principio con respecto a la muerte de mi padre —añadió Paz.

La conversación siguió varios minutos, ambas muy animadas y con una química y comunicación que saltaba a la vista entre ellas. De no ser por la diferencia de edad, parecían dos amigas de la infancia viéndose después de muchos años sin hacerlo y poniéndose al día la una y la otra de sus vidas y sus aventuras más o menos afortunadas según el caso.

Finalmente, decidieron ir a tomar algo, quizá una cerveza o una infusión. A Emma le gustaba la cafetería Santander o algún bar cercano, por lo que se montaron en el ascensor del metro para bajar al interior de la estación de Plaza de España. Aquel ascensor era el que tardaba casi un minuto en bajar de la calle al andén y que, a pesar de tener varios pisos en sus botones, siempre hacía el mismo recorrido.

Así que entraron, pulsaron el botón «Andén» mientras seguían inmersas en su conversación. De repente, un ruido sonó
algo así como un golpe seguido de una especie de tirón del cable
del ascensor, que sufrió un pequeño vaivén y quedó parado a
mitad del camino.

—Joder, qué mala suerte —dijo Paz mientras pulsaba el botón
de comunicación con el personal de la estación y esperaban a
que alguien contestara y fuese a sacarlas de aquel cajón colgante.

27
El vigilante de seguridad

Habían pasado allí dentro más de media hora hasta que oyeron un pequeño golpe en el exterior y sintieron que el ascensor descendía ligeramente. Medio metro más o menos, un leve movimiento y de nuevo volvió a quedarse parado, también dejaron de oír ruidos quedando sumidas en una insoportable incertidumbre. Ya empezaban a agobiarse y a tener mucho calor cuando escucharon voces en el exterior. Una voz grave voceaba y preguntaba una y otra vez: ¿están ustedes bien? Pronto saldría de la duda, porque en dos minutos la puerta del ascensor se abrió y el vigilante de seguridad de la estación los saludó con una sonrisa y una botella de agua para cada una.

—Síganme, por favor —dijo el vigilante.

Salieron del ascensor y tuvieron la sensación de haber retrocedido en el tiempo a bordo del Delorean de *Regreso al futuro*. La estación que estaban viendo en nada se parecía a las modernas estaciones que Gallardón había dejado junto con una eterna deuda tras su paso por la alcaldía de Madrid. Unas taquillas de madera propias de la serie *Cuéntame*, con unas cristaleras de un cristal muy fino y frágil, nada que ver con las peceras blindadas modernas. Un taburete donde se sentaba la taquillera, todas mujeres en la época.

Ambas, boquiabiertas, no salían de su asombro, una vieja estación fantasma estaba ante sus ojos. Hacía tres cuartos de hora habían subido a un ascensor para bajar al metro de Plaza de España y al salir habían aparecido en una estación de hacía casi un siglo. Parecía algo mágico y a la vez tenebroso, no había explicación para esa sensación de confusión que sentían mientras avanzaban detrás del vigilante que les guiaba hacia el presente. Al menos el vigilante si era de la misma época que ellas.

—¿Dónde estamos? —preguntó Emma.

—Es la vieja estación de Noviciado, cuando modernizaron toda la red quedó obsoleta y la trasladaron a su situación actual. En lugar de desmantelarla la dejaron tal y como estaba, quién sabe si pensaban construir aquí una especie de museo o algo así. Quedan algunas más por la red, en Chamberí, por ejemplo —explicaba en tono interesante el vigilante.

Paz iba observando todo el recorrido y había algo que llamó su atención. Las puertas de acceso a las distintas estancias de la estación eran puertas metálicas y modernas con una numeración diferente cada una y algunas con señales de peligro o prohibido el paso. Contrastaban mucho con la estética del resto del recinto más antiguo.

—¿Dónde llevan esas puertas? —preguntó Paz carcomida por la curiosidad.

—Algunos son lo que llamamos «cuartos técnicos», en ellos lo que hay son cuadros de luz y cosas así. Otros, simplemente, están vacíos, los tienen ahí como almacenes si fueran necesarios, pero raro es que se abran alguna vez —seguía con su explicación el vigilante reconvertido en improvisado guía turístico.

—¿Quién tiene acceso a ellos? —continuaba Paz su particular interrogatorio.

—Cualquiera que trabaje aquí, la mayoría de las puertas del metro se abren con una misma llave y todos los que trabajamos aquí dentro la utilizamos —explicó el vigilante.

—O sea, me quiere usted decir que hay un montón de gente que tiene acceso a todos los recovecos de la red de metro —replicó Paz.

—Así es, señorita. Si quiere, les abro alguna puerta para que vean que no les miento —alardeó el vigilante, más preocupado de repente de intentar ligar que de mantener la discreción que su trabajo exigía.

—Vale, pero la elegimos nosotras —dijo Emma en tono más distendido—. Aquella del fondo —continuó diciendo mientras señalaba una puerta semiescondida al fondo en lo que parecía un esquinazo del hueco de escalera.

El vigilante fue hacia la puerta en cuestión con una sola llave en la mano que llevaba colgada de su mosquetón junto con la llave de sus grilletes. Con una sonrisa pícara y guiñando un ojo hacia las chicas, introdujo la llave en el bombillo de la cerradura, este giró sin ninguna dificultad. El vigilante abrió la puerta y encendió la luz orgullosa de su hazaña y caballerosamente, como un donjuán venido a menos, cedió el paso a sus acompañantes.

Entraron las dos riéndose a carcajadas, pero… de inmediato la risa se tornó en estupefacción y sorpresa. Lo que allí vieron no era lo que se esperaban encontrar, el cuarto del tamaño de un salón de cualquier piso de 90 metros no estaba vacío. Emma soltó un grito. Al oírlo el vigilante haciendo de héroe improvisado entró de golpe, pensando que sería alguna pequeña araña o algo así, de inmediato quedó paralizado.

—Me cago en la puta… Quién me mandará —fueron sus palabras mientras salía de la habitación preguntándose a sí mismo que hacer.

Antes de que pudiese reaccionar el vigilante, Emma se abalanzó sobre él de forma impetuosa para arrebatarle el *walkie talkie* y el móvil en un gesto rápido más propio de un carterista que de una estudiante de ADE. Paz se quedó inmóvil, sorprendida ante la reacción de Emma y sin saber muy bien por qué el instinto de Paz la había hecho actuar de esa manera.

—Por favor, escúcheme —dijo por fin Emma, dirigiéndose al vigilante—. Esto, de momento, no debe saberlo nadie. Voy a hacer una llamada y ahora le dirán cómo actuar. Por favor, tenga paciencia, enseguida entenderá algo de todo eso.

El vigilante se encogió de hombros resignado, no necesitaba ni quería entender nada, solo pasarle el marrón a otro y quitarse del medio. Sabía que su función acababa cuando avisaba a la central para que le indicara cómo actuar o si le enviaban refuerzos en forma de compañeros o policía. En cambio, por no sé qué devenir del destino, una jovencita a la que conocía porque acababa de ayudarla a salir de un ascensor averiado le pedía que mantuviese silencio sobre algo que no sabía muy bien qué era, pero que, desde luego, se salía de todo lo que era normal dentro de las instalaciones que protegía.

Mientras tanto, Emma no había perdido ni un solo momento y ya se encontraba hablando con su móvil con Alba.

—Alba, escúchame, estamos dentro del metro con un vigilante y lo que hemos encontrado por azar creo que nos puede ayudar y mucho a resolver la muerte de Philippe —dijo sin respirar y muy nerviosa.

De inmediato, Emma entregó el móvil al vigilante mientras Paz se estremecía en un escalofrío que le recorría el cuerpo y le ponía la piel de gallina.

—Soy la inspectora Alba Garrido de la Policía Nacional. No haga nada ni avise a nadie, déjelo todo tal y como está. ¿A qué hora acaba su turno?

—A las cuatro de la tarde —contestó dubitativo el vigilante.

—Perfecto, cuando acabe, persónese, por favor, en la comisaría de Leganitos y pregunte por mí o por el inspector Goycoechea —Alba lo dijo de forma que aquello parecía una orden.

—Perdone, pero… ¿puedo comer antes? —preguntó preocupado.

Alba rio.

—Tranquilo no está detenido ni nada parecido. Quedamos en la sidrería de la esquina a las cuatro, ahí nos encontrará. Nosotros invitamos a comer.

Cerraron la extraña cita en la sidrería de la esquina nada más terminar el turno del vigilante. Este no daba crédito a lo que le estaban pidiendo, pero prefirió obedecer antes que meterse en algún lío más, que bastante tenía ya. Así las cosas, cerró la puerta, esa puerta que nunca debería haber abierto, y se dirigió a la salida acompañando a las dos chicas que había rescatado del ascensor. Emma, por su parte, le devolvió la emisora y el móvil antes de que nadie pudiera verlos. Salieron de la estación con cara de «aquí no ha pasado nada» y guardando en total secreto la cita que tenían después de su turno.

—¿Vendrán ustedes esta tarde? —preguntó.

—La duda ofende, por supuesto que iremos —contestó Emma susurrando—. Después nos vemos.

Se despidieron aparentando total normalidad y las chicas abandonaron la estación por la salida de la Gran Vía más cercana al Museo del Jamón.

Paz no sabía de qué iba todo aquello ni qué era eso tan importante que habían visto. Si es cierto que era raro que en un cuarto de una vieja estación de metro hubiera algunas cajas de Coca-Cola, pero no le parecía tan importante como para abrir una investigación ajena a cualquier cauce oficial y tampoco era capaz de relacionar esto con la muerte de su padre.

28
El almacén

Entraron en la cafetería. Emma pidió un café en mediana, tan típico de Madrid como el cocido y el chotis, y Paz pidió un poleo menta, después de lo ocurrido estaba un poco destemplada. Emma se fue al baño dejando a Paz absorta en sus pensamientos. Seguía dando vueltas e intentando relacionar unas cajas de Coca-Cola con el cadáver de su padre. No estaba dispuesta a marcharse y no poder enterarse del fin de toda aquella trama en la que estaba sumida. Le recordaba a muchas películas que había visto en los últimos tiempos con la diferencia de que en la mayoría de ellas el fin era feliz. En la vida real los finales felices eran más bien escasos y, desde luego, esta película ya no podía tenerlo de ninguna manera, habían muerto su padre y su hermano, ella estaba acusada de homicidio y su madre ingresada en un hospital con problemas mentales de difícil solución a corto plazo. Desde luego, feliz no era.

Mientras tanto, Emma estaba en el baño, que siempre era una buena excusa cuando una tenía que hacer una llamada sin que nadie se enterara. Así que desde la intimidad del baño se dispuso a llamar de nuevo a Alba, había cosas que no le había contado en la llamada anterior.

—Hemos visto varias cajas con botellas vacías de Coca-Cola y cerveza de varias marcas y entremedias había una caja de cartón, no hemos visto nada más, pero creo que estábamos muy cerca de la coctelería, quizá ese cuarto fuera su almacén —aseguró Emma mientras Alba escuchaba sin perder detalle.

—Hombre, mucho sentido no tiene —dijo Alba—. El almacén en el cuarto del metro…, no sé yo. Pero vamos que yo voy a llamar a Goycoechea y que él nos diga qué hacer. Déjalo en mis manos.

Alba era una mujer muy resolutiva y siempre tenía alguna forma de actuar, una solución para cada problema y aquí los problemas eran muchos. No habían visto nada raro, solo unas cajas vacías. Lo único raro era el sitio donde las habían visto y que la casualidad quiso que las descubrieran ellas y nadie más. Igual eran imaginaciones suyas, pero valía la pena intentarlo. Desde luego, no era más disparatado que todas las cosas que iban aconteciendo y, por lo menos, ese extraño hallazgo estaba cerquita del lugar de los hechos.

Una vez puesto al tanto Goycoechea, comenzó a mover sus contactos. Llamó al juzgado y a la cárcel de Navalcarnero. Envió allí un agente con un coche de incógnito. La cuestión requirió de nuevo la intervención del comisario, ese hombre que era como una madre para él. Todo salió según lo previsto. Goycoechea llamó al juzgado pidiendo al juez la libertad bajo custodia de Richard para hacer un registro, el juez no puso ningún reparo. Entonces intervino el comisario para hablar con el fiscal y el abogado del detenido, les contó las nuevas noticias y les pidió que no asistieran al registro, avalando su petición con la amistad de Goycoechea con Richard. El abogado, un letrado conocido del comisario desde hacía más de veinticinco años, no tuvo ningún problema y el fiscal viniendo del comisario hizo lo que hacía la mayoría de las veces: lavarse las manos y dejarle vía libre para actuar. Una vez finalizados todos los trámites y pasadas unas dos horas, Richard estaba en el despacho de Goycoechea.

—¿Qué coño sabes de unas cajas en un cuarto del metro? —preguntó a bocajarro el inspector.

—¡Joder con los buenos días! —dijo Richard de mala gana—. Casi estaba mejor en la cárcel, que esos funcionarios son más educados. —Después se hizo el silencio. Richard tomó aire y comenzó a hablar—: Hace unos años la vieja estación quedó obsoleta y todas sus instalaciones vacías. Uno de esos cuartos daba pared con pared a la bodega de la coctelería, que era donde tenía yo el almacén. Mi almacén era muy pequeño —iba narrando Richard mientras Goycoechea escuchaba con atención—. Todos los que trabajaban en el metro eran clientes de mi bar, desde el jefe de estación hasta el personal de limpieza, todos pasaban por allí. Uno de ellos me dio una idea. Si yo hacía una especie de butrón desde mi bodega accedería a uno de los cuartos vacíos de la vieja estación que no se utilizaba para nada. Así que me puse manos a la obra y el butrón se convirtió en un acceso perfecto de un sitio a otro disimulado por el lado del metro con una puerta forrada de azulejos y sin cerradura por ese lado. Digamos que amplié mi almacén. —A pesar de ser inglés de nacimiento, Richard dominaba como nadie la picaresca nacional.

—¿Alguien más sabe de ese almacén clandestino? —seguía interrogando el inspector.

—El hombre del metro que me dio la idea, pero ya falleció —contestó muy seguro Richard.

—¿Se podía acceder desde la estación hacia la bodega? —preguntó Goycoechea.

—No, salvo que sepas llegar al cuarto, tengas autorización para ello y revientes la puerta…, Michael, ¿en qué estás pensando? —esta vez era Richard el que preguntaba.

—Estoy pensando que quizá alguien más conocía tu trapicheo y han aprovechado para meter el cadáver de Philippe desde el almacén clandestino.

—Eso no tiene sentido —intervino Alba, que había estado muda hasta el momento escuchando la declaración—. Tendrían que haber bajado el cadáver por el ascensor desde la misma calle que si hubieran entrado por la puerta principal de la coctelería. Llevo cogiendo ese ascensor unos días y para que se detenga en algún piso intermedio se necesita estar autorizado, hay que meter una llave de esas redondas como las de las alarmas antiguas. Desde ahí, acceder hasta el famoso almacén, reventar una puerta y luego subir el cadáver. Todo esto a plena luz del día. Lo siento, inspector, pero lo más fácil es meterlo por la puerta de la calle, te ahorras muchos inconvenientes. —Alba sonrió feliz por su exposición, que desmontaba la idea de Goycoechea.

—Alba, desde que hemos empezado este caso nada tiene sentido —alegó el inspector, y no le faltaba razón—. Richard, si sale todo bien intentaré que no te metan en la cárcel, pero necesito que colabores.

—Llevo colaborando desde la otra noche, Michael. De verdad, me gustaría ayudarte más, pero es todo lo que sé y ahora vamos a comer algo, por favor —sugirió Richard.

Salieron los tres de la comisaría y bajaron por la calle Leganitos unos metros hasta llegar a la sidrería de la esquina donde ya aguardaban Emma y Paz, el vigilante aún no había llegado.

Aunque nunca había hablado con ella, Richard enseguida supo que Paz era la hija de Lucía y Philippe, por lo que se acercó a saludarla y pedirle disculpas sin saber muy bien por qué, mientras le preguntaba por el estado de Lucía que seguía en el hospital. Mientras esto sucedía se presentó el vigilante de la estación, un poco antes de la hora a la que habían quedado y con cara de preocupación.

—Buenas tardes, soy el inspector Goycoechea y ella es mi ayudante Alba Garrido —se presentó el inspector exhibiendo discretamente su placa—. Le agradezco profundamente que nos ayude aun a riesgo de perder su trabajo, pero es importante ser discretos en el tema que nos ocupa. A las señoritas ya las conoce usted —siguió el inspector—; y este señor es Richard, el dueño de las cajas que os habéis encontrado.

—De nada, inspector, no hace falta que me agradezca nada. En todo lo que pueda colaborar estoy a su servicio —dijo el vigilante, dispuesto a ayudar en todo lo posible.

—Vamos a necesitar ir hasta ese cuarto —le pidió el inspector.

—Iremos, pero le voy a pedir algo. Hoy yo los llevo hasta allí y después se hace usted una copia de las llaves para acceder cuando quiera y santas pascuas benditas —dijo el vigilante.

—Pues así lo haremos, de esa forma usted se quita del medio y aquí no ha pasado nada. —Era la forma de agradecer la colaboración del vigilante que le pareció más sensata a Goycoechea.

—Muchas gracias, inspector —contestó el vigilante mientras suspiraba y sentía que sus nervios y la velocidad de su corazón volvían a la normalidad.

—Y ahora vamos a comer, que las cajas no se van a ir —dijo Alba.

Todos rieron al unísono y empezaron a elegir lo que quería cada uno para comer.

29
Una excursión

Más que una comida, aquello fue un ligero tentempié. Unas tapas, algún montado y después cafés para todos, sin chupitos ni, por supuesto, nada de bebidas espirituosas, debían descubrir la relación entre el crimen y el viejo almacén clandestino de Richard y esa misión requería claridad de ideas. No había tiempo que perder.

El grupo parecía más una excursión de turistas en busca de cualquier tesoro perdido en una ciudad desconocida, solo que la ciudad era bien conocida por todos ellos, salvo por Alba, y que no buscaban ningún tesoro, sino al autor de una simulación de asesinato o quién sabe si de un asesinato encubierto por una simulación.

Pasaron totalmente desapercibidos, no es raro en una ciudad como Madrid y en los aledaños de la Gran Vía, eran siete personas más dentro de la marabunta. Así llegaron al ascensor, ese que solo paraba en el andén y en la calle. El vigilante metió su llave y activó un botón, el botón de uno de los pisos intermedios inaccesibles para el gran público. El ascensor se detuvo y cuando se abrieron las puertas todos quedaron boquiabiertos.

Paz y Emma observaron al resto disfrutando de su reacción y acordándose de que, hacía unas horas, ellas mismas tuvieron una reacción muy parecida al encontrarse allí, con la diferencia de que a ellas nadie les había avisado de lo que se encontrarían al abrir la puerta.

Richard, que era un apasionado de las antigüedades, no paraba de mirar a un lado y a otro y de acercarse a todos los objetos que veía. Le parecía haber viajado al pasado, nunca había estado allí dentro porque nunca había traspasado la puerta de su almacén hacia ese lado, quizá nadie nunca había traspasado esa puerta hasta ese día.

Llegaron de nuevo hasta la puerta, escondida al final de la vieja estación en la esquina del hueco de la escalera, el vigilante cedió la llave maestra a Goycoechea, que procedió a abrir la puerta con sumo cuidado. Después de abrir y dar la luz se dio cuenta de que no era necesario ser tan cuidadoso, estaba todo bastante sucio, lleno de polvo, esa suciedad que siempre quitamos y nos molesta en casa, pero que era un aliado en estas circunstancias: alguien no hacía mucho había movido la caja de cartón. Estaba en su sitio, pero se veían claramente las huellas de una mano en la parte superior de la caja.

—¿Habéis tocado vosotros algo esta mañana? —interrogó Goycoechea.

—No, inspector —contestaron al unísono el vigilante, Emma y Paz—. ¡Chispas! —dijeron las dos mientras reían.

—Déjense de jueguecitos que no está el horno para bollos —subrayó Goycoechea con tono de teniente coronel.

—Perdón —se disculparon.

La caja se encontraba entre varias torres de cajas de cervezas y refrescos de distintas marcas. Eran las cajas con las botellas vacías, retornables, las que siempre servían en todos los bares antes de ponerse de moda el servir los refrescos en latas. El inspector se puso unos guantes de látex que siempre llevaba en el bolsillo y se acercó. Con la precisión de un cirujano, movió la caja unos centímetros, lo suficiente para que no pareciera que la había movido, pero, a su vez, lo suficiente para poder ver lo que había detrás.

—Alba, avisa a Lorena y a Chuchi, creo que lo tenemos.

—¿Qué? —preguntó Alba estupefacta—. No les dejarán bajar hasta aquí.

—No te preocupes por eso, hay que avisar también a los compañeros de la científica —continuó Goycoechea—. Date prisa.

—Inspector…, sujete los caballos —dijo Alba—. Voy a avisar a Chuchi y al comisario, y que ellos se encarguen del resto.

—Haz lo que te dé la gana, pero rápido —contestó Goycoechea mientras murmuraba entre dientes—. Joder con la novata, Cristo del Gran Poder.

No dejó el inspector acercarse a ninguno de los presentes, que estaban tan sorprendidos como asustados. Tampoco decía nada respecto del hallazgo, pero su cara estaba tensa, con la seguridad de estar en el buen camino, pero con la duda de si estaba en lo cierto, hacía ya unos días, desde que comenzó el caso, que nada era lo que parecía.

En la calle la zona se había llenado de policías subiendo y bajando en el ascensor, recorriendo la estación y buscando a Alba y sus acompañantes, pero eran incapaces de dar con ellos, más que una intervención policial real parecía un capítulo del *Show de Benny Hill*. Así continuaron hasta que Alba, acompañada por el vigilante, salió de la estación al encuentro del comisario que se había presentado en el lugar, quería verlo por sí mismo. Mientras Alba ponía en antecedentes al comisario resumiéndole todo lo acontecido en aquella jornada de locos, llegó en un coche patrulla el doctor Cheng. El comisario había mandado recoger urgentemente a Chuchi y allí estaba dispuesto a colaborar.

—¿Qué habéis encontrado que tenéis tanta prisa? —preguntó Chuchi a Alba.

—No lo sé —contestó ella encogiéndose de hombros—. El inspector no nos ha dejado ni acercarnos.

—¡La madre que lo parió! —dijo Chuchi—. Este tío me va a matar un día de un susto.

El comisario ya estaba dentro del ascensor y hacía gestos a Chuchi y a Alba para que se dieran prisa. El vigilante tenía lista la llave para llevarlos a la vieja estación donde esperaba Goycoechea con el Santo Grial que parecía haber encontrado. Bajaron y al abrirse la puerta se repitió la historia, todos los que bajaban allí por primera vez quedaban boquiabiertos viendo aquella vieja estación fantasma.

El comisario no tenía el ánimo para andar haciendo turismo, así que salió del ascensor y con paso firme y rápido se dirigió al único lugar donde le pareció haber visto una luz que salía de un cuarto semiescondido al final de la estación; seguro que allí estaría Goycoechea con lo que hubiera encontrado a buen recaudo hasta que llegaran los refuerzos. «Un tipo metódico —pensaba el comisario—. Ojalá tuviera diez como este».

Una vez allí se encontró, además de con Goycoechea, con el resto de la expedición, algo que sorprendió al comisario.

—Luego le explico, comisario —dijo el inspector—. ¿Ha llegado Chuchi?

—No le llames Chuchi cuando estamos currando, haz el favor —ordenó el comisario—. Y sí, el doctor Cheng está aquí conmigo.

Que coja una de esas bolsas que utilizan ellos y que pase, quiero su opinión antes que la de nadie. —El inspector confiaba mucho en la profesionalidad y la intuición del doctor Cheng.

Cheng pasó y siguió al pie de la letra las instrucciones del inspector. Con más cuidado que si se tratara de su propio hijo, Cheng lo cogió, lo observó unos segundos y lo metió en su bolsa. Sin duda, aquello era un hallazgo importante y habría que analizarlo en el laboratorio.

—¿Qué te parece? —preguntó Goycoechea.

—Si me lo encuentro en cualquier otro sitio te diría que me parece una mierda, pero aquí y en esta situación pienso lo mismo que tú —dijo Cheng.

—¿Qué coño sabes tú lo que yo pienso? —dijo el inspector.

—Piensas, querido y viejo amigo, que ese saco es el saco donde el asesino metió a Philippe para traerlo hasta aquí. —Cheng soltó la frase con tranquilidad, muy despacio—. ¿Me equivoco?

—Cómo me jode que seas tan listo, chino de los cojones —espetó Goycoechea.

—Japonés, si no le importa; de los cojones, pero japonés —contestó Cheng mientras le guiñaba el ojo.

Goycoechea tuvo que hacer un esfuerzo para morderse la lengua y no mandarlo bien lejos, ese cabrón sabía cómo sacarlo de sus casillas.

—Entonces…, sí es posible que alguien lo viera —intervino el comisario—. La gente mete cosas de lo más diverso en el metro y llevar cosas en bolsas grandes o sacos no es raro, no es algo que se vea a diario, pero no es raro. Pero alguien sí puede haberse fijado en el saco.

El comisario estaba bastante seguro de lo que decía. El saco era un saco de los antiguos muy valorados entre la gente del campo por su resistencia y que no pasaría desapercibido para alguien que se hubiera criado en cualquier pueblo de España y que tuviera más de treinta años. Para los más jóvenes, la referencia de ese tipo de saco es inconfundible porque es el que usa de capa el *tío la vara*, el singular superhéroe de televisión. Ese saco de nitrato de Chile podría ser la clave, pero antes tendrá que ser analizado por el doctor Cheng porque en el saco no hay mancha alguna de sangre ni nada parecido, por lo tanto y hasta nueva confirmación, todo son suposiciones.

Al rato, cuando ya todos se habían marchado, Alba y el inspector subieron en el ascensor. Iban solos.

—Si Chuchi me dice que dentro de ese saco alguna vez estuvo Philippe, ya sabemos por dónde metieron el cadáver hacia la coctelería, pero todavía nos queda saber cómo llegaron hasta ahí y quién lo llevo. Vamos avanzando, pero no veo el final —el inspector hablaba en tono cansino, lento, pausado…

—Parece usted cansado, inspector —apuntó Alba.

—Este caso me está superando, quizá ya soy mayor —dijo el inspector sonriendo, algo que no era muy habitual.

—Vayamos a descansar, mañana será otro día —se despidió Alba.

Ambos tomaron rumbo distinto tras esta despedida, cada uno a su casa, o eso pensaba el inspector. Antes de despedirse, Alba había recibido un wasap del doctor Cheng para verse después. No era su intención ocultarle nada al inspector, pero le notó cansado, abatido tras el día y no quería preocuparle más. Ya le informaría mañana de lo que tuviera que saber, porque la nota parecía más una cita, que, por supuesto, Alba aceptaba encantada, que una reunión de trabajo.

«Princesita, si a usted le place, me gustaría verla esta noche, después de terminar en la puerta del congreso», decía el mensaje de Cheng.

30
En casa de Chuchi

Se encontraron en la puerta del Congreso de los Diputados o Congreso de los caraduras, como le gustaba decir a Chuchi que tenía poca afinidad por los políticos y «mucho menos por los de ahora», solía apuntar cuando surgía la conversación.

Por su parte, Alba, a pesar del estrés acumulado de ese día, estaba deseosa de salir un rato y poder desconectar, aunque tenía claro que la compañía escogida no era la más adecuada para hacerlo. Quería conocer Huertas, la plaza de Santa Ana o la Latina, en definitiva, las zonas míticas de bares de Madrid, pero Chuchi no estaba por la labor.

Se le notaba inquieto, quizá nervioso, aquel caso tan extraño estaba crispando los nervios de todos y el doctor Cheng no era menos. A pesar de su refinada e interiorizada cultura oriental, aquellos acontecimientos hacían aflorar lo más occidental que se hallaba en su interior y eso se reflejaba en su estado de ánimo, llevándolo casi a un estado de ansiedad permanente.

En esas estaban, mirándose como dos quinceañeros que hubieran quedado por alguna de esas diabólicas aplicaciones que utiliza la juventud de ahora en su móvil, cuando por fin Chuchi se decidió a pedir un *cabify*, prefería él el taxi de toda la vida, pero sabía de la desconfianza de la recién llegada por los taxistas y utilizó la aplicación que al menos le aseguraba un precio fijo de su trayecto. «Eso sí, caro pero fijo», pensó mientras confirmaba el viaje.

—¿Puedo saber dónde me vas a llevar? —preguntó Alba.

—Por supuesto, vamos a mi casa, si a ti no te importa.

—No te parece que corres demasiado —dijo Alba sorprendida.

—Ja, ja, ja, ja, ja, ja, ja. —Chuchi rio a carcajada limpia—. No te preocupes que no es lo que parece.

—Hombre… No sé. ¿Qué es lo que parece? —volvió a preguntar, pizpireta esta vez, Alba, que, aunque trataba de disimularlo, estaba encantada con el plan.

—¿Que quiero ligar contigo? —dijo Chuchi.

—¿Y no quieres eso? Pues menuda decepción —dijo Alba, que ahora ya reía y hablaba muy relajada.

—Mira —dijo Chuchi—, esta noche tengo dos intenciones, una que es segura y la otra que hay que intentarlo.

Alba lo miraba pensativa.

—Una es hablar sobre el maldito caso que nos trae a todos de cabeza y la otra intentar ligar contigo —dijo Chuchi muy convencido de lo que decía.

—Pues espero que la segura sea la de ligar porque no me apetece una mierda seguir trabajando…, tengo la cabeza como el bombo de Manolo —contestó ella en actitud pícara.

Siguieron el camino en silencio a pesar de la complicidad que la conversación había despertado en ambos. Chuchi era un muchacho muy tímido, sin amores conocidos y con mucho recelo de sus relaciones privadas, no le gustaba mezclar trabajo con vida privada, aunque en esta ocasión y sin que sirva de precedente estaba dispuesto a hacerlo: Alba era especial. Por su parte Alba iba inmersa en sus pensamientos que le llevaban quizá demasiado lejos, no en el tiempo, pero sí en las intenciones del bueno de Chuchi. La idea de dormir en casa de un desconocido dos días después de llegar a Madrid era algo que le daba morbo y miedo a partes iguales, pero que estaba dispuesta a probar si la situación era propicia.

El *cabify* se detuvo delante del portal. Un edificio de varias plantas más viejo que nuevo en el barrio de Carabanchel, muy cerquita del hospital Gomez Ulla. Entraron al viejo portal y subieron andando por la escalera. Chuchi vivía en un segundo piso, así que no eran muchas escaleras. Llegaron y Chuchi abrió la puerta. Alba quedó ojiplática al ver aquel apartamento. Un apartamento de soltero suele tener platos sucios en la pila, ropa colocada por montones y un poco de desorden generalizado, por no hablar de las pelusas que, en algunos, parecen de la familia, comen incluso sentadas a la mesa. En cambio, allí no había nada de eso. Un apartamento ordenado al más puro estilo feng shui con una limpieza que si aparece el mayordomo de la tele se suicida, la ropa recién planchada y perfectamente colocada a los pies de la cama esperando ser colocada en un armario y un olor a ambientador de nenuco que provocaba que se te saltaran las lágrimas al entrar.

Sacó Chuchi un par de cocacolas del frigorífico y ambos se sentaron en el sofá. El doctor comenzó a hablar.

—Alba, estoy convencido de que la toxina del pez globo fue la causa de la muerte de Philippe, pero se me escapa cómo se la pudieron administrar. Tengo a mi tío en la policía japonesa y no se les escapa ni una dosis de allí sin que se enteren, aquello no es España, allí te controlan si les parece que deben hacerlo y fin de la historia. El caso es que el hecho de que la dosis que tenían controlada llegara hasta esa casa me hace pensar que no era la primera vez y que sabían qué hacer con ella. Además... —Ese «además» dubitativo y con voz susurrante de Chuchi hizo que Alba se pusiera en guardia.

—¿Además? —preguntó Alba.

—Además, cuando le metieron en el saco todavía estaba vivo —Chuchi lo soltó a bocajarro.

—¡¿Qué?! —dijo Alba.

—El saco tiene restos por el interior que coinciden con unas pequeñas quemaduras que tiene el cadáver en los dedos, eso es señal de un leve forcejeo, estaba débil pero vivo. Eso me hace llegar a la conclusión que te dije antes, pero todavía hay cosas muy raras, porque lo que está claro es que cuando le dispararon estaba ya muerto.

Alba no daba crédito a lo que estaba escuchando. Sabía que estaban cerca de resolver aquel misterio, pero cada paso que daban iba en la dirección contraria, todo se liaba en lugar de aclararse. ¿Quién coño mete a alguien vivo en un saco y después lo dispara cuando se ha muerto? Desde luego, una mente normal no, quizá un perturbado o alguien con un problema mental grave, pero, desde luego, alguien en su sano juicio no lo hace.

Entre explicaciones científicas del doctor y conclusiones policiales de la ayudante del inspector fueron pasando las horas sin llegar a ninguna conclusión salvo la de que Alba se quedaría a dormir con Chuchi.

Y así fue. Tras varias horas de conversación, Chuchi le ofreció a Alba quedarse a dormir a saber con qué intenciones y esta aceptó gustosa la invitación.

—En el segundo cajón tienes camisetas, coge una para dormir —invitó Chuchi a su amiga.

—No te preocupes, si no te molesta prefiero dormir sin nada —contestó Alba.

Chuchi se sonrojó, pero no dijo nada. Ambos se metieron en la cama hasta la mañana siguiente. Chuchi amaneció en el sofá y Alba en la cama. Su respeto hacia su compañera le impedía dormir con ella desnuda a su lado y decidió irse de la cama. Cuando Alba se levantó se volvió a sorprender, había perdido la cuenta de las veces, por la actitud de Chuchi.

—¿Qué haces ahí? —preguntó Alba.

—¿A ti qué te parece? Estaba un poco incómodo contigo ahí…, desnuda, y me vine para no molestar —dijo Chuchi.

—¡No me jodas, Chuchi! —dijo Alba en tono de regañina. En el fondo estaba orgullosa de su amigo, ya quedan pocos así.

—¿Qué esperabas que hiciera? —Chuchi no sabía qué decir.

—Hombre…, con una mujer desnuda al lado…, podías haber intentado echarme un buen polvo o, por lo menos, tocarme el culo o algo…, pero irte.

A Alba le divertía mucho la conversación. Chuchi estaba totalmente rojo como un tomate maduro y no sabía dónde meterse ante las afirmaciones tan desvergonzadas de su amiga.

—¿Hubieras querido hacerlo? —preguntó de nuevo Chuchi.

—O te hubiera soltado un guantazo, pero hay que arriesgarse, coño. —Alba disfrutaba viendo sufrir a su amigo con el tema.

—En fin…

No le dio tiempo a Chuchi a terminar la frase: Alba lo agarró de la camisa, lo acercó hacia ella y lo besó con toda la pasión que le daban sus veinticuatro años. Cuando terminó el beso se alejó dos pasos para ver, divertida, la cara de Chuchi.

—Y ahora vamos a vestirnos que hay que trabajar. —Y se fue a la ducha.

Chuchi se quedó inmóvil un rato asimilando la conversación anterior y una vez repuesto del beso de Alba hizo el desayuno con una felicidad interna que le costaba recordar si la había tenido antes. Cuando Alba salió de la ducha, miró su móvil… ¡Veintidós llamadas perdidas!

Paz y el inspector la habían llamado varias veces, la primera de ellas a las cinco de la madrugada. Abrió el WhatsApp y el mensaje era claro: «He hablado con Paz. Ven a la comisaría en cuanto lo leas». El remitente era Goycoechea.

Desayunaron y salieron cada uno hacia su trabajo con el compromiso de llamarse durante el día.

31
Entre sueños

Mientras Alba y Chuchi habían quedado la noche anterior para despejarse un poco, Paz había estado en el hospital acompañando a su madre ajena a todo lo que iba a suceder aquella noche.

Acostumbraban los médicos a administrar algún tipo de tranquilizante a todos los pacientes a los que les costaba conciliar el sueño, pero en una dosis mínima, tan pequeña que hacía que muchos de ellos, en lugar de conciliar el sueño, quedasen absortos en una especie de borrachera que no les hacía sino balbucear y entrar en una especie de duermevela, algo parecido a lo que produce fumarse un porro de marihuana para un primerizo.

Lucía era de estos últimos, balbuceaba constantemente en una lucidez y locura temporales que se intercalaban en mínimos lapsos, entre dormida, ebria, sobria o despierta, según el momento del que se tratara. Lo que si estaba claro es que sus facultades no estaban a pleno rendimiento.

Comenzó a balbucear. Paz estaba a su lado en esos sillones de hospital que parecen diseñados por la Santa Inquisición para torturar a los infieles. De repente dio un salto al escuchar: «Philippe, cena, enfermo» de la boca de su madre. Algo le decía que aquello podía ser importante y que tenía algo que ver con el asesinato de su padre. Durante más de dos horas estuvo atenta, escuchando cada palabra de su madre, esperando que conectara de nuevo esas palabras o que dijera algo que pudiera enlazar unas cosas a otras, pero… eso no paso. Lucía se durmió y Paz se quedó contemplándola, tensa, sin poder separarse de ella y sin poder apenas relajarse. Cada vez que se intentaba alejar o volver a intentar cerrar un poco los ojos, aquellas tres palabras retumbaban en su interior con más fuerza; Philippe, cena, enfermo… Philippe, cena, enfermo… una y otra vez.

Habían pasado dos horas apenas, aunque a Paz le parecieron dos días con sus dos noches, cuando apareció la enfermera.

—Buenas noches —susurró—. ¿Está dormida?

—Si, aunque muy intranquila —contestó Paz—. Habla todo el tiempo, como si quisiera decir algo.

—Es algo habitual, hay pacientes que incluso contestan si les preguntan.

Aquella información resultó de gran utilidad para Paz. Mientras la enfermera cambiaba la bolsa del suero y administraba alguna sustancia más a través del gotero, Paz estaba en otro sitio, presente de cuerpo, pero con la mente pensando en la manera de interrogar a su madre en cuanto la chica se marchara.

La enfermera salió sin hacer apenas ruido, tan sigilosa como había entrado, y de nuevo madre e hija quedaron ambas en la habitación: la una dormida y la otra dispuesta a preguntarle qué significado tenían aquellas tres palabras: Philippe, cena, enfermo…

La pregunta fue clara, concisa y directa: «Mamá, ¿fuiste a cenar con papá antes de que muriera?».

Lucía, al oír estas palabras, se estremeció: su cuerpo dio una leve sacudida, muy floja para despertarla, pero muy fuerte para asustar a Paz… Se hizo el silencio. Un largo minuto de silencio aproximadamente, uno de esos silencios misteriosos tan habituales de las estrategias de televisión o de las películas de terror.

Un silencio incómodo que hacía presagiar que la pregunta quedaría sin respuesta, al menos de momento, pero… no fue así.

De repente, Lucía comenzó a hablar. Pausada, despacio, como si esta vez quisiera que Paz entendiera cuanto estaba diciendo:

«Salimos a cenar aquella noche. Tu padre me llevó a un nuevo restaurante que han abierto en una zona de ricos de esas a las que a él le gustaba ir. Había comida oriental. Cenamos y todo fue bien hasta que, volviendo a casa, comenzó a sentirse mal… Había comido pescado».

—¿Qué paso después? —dijo Paz muy nerviosa—. Por favor, mamá, necesito que me lo cuentes. Por favor —insistía Paz.

Lucía se despertó, mejor dicho, Paz despertó a Lucía, quien, muy desorientada, entre dormida y despierta, miró a Paz y le dijo: «Ve a descansar, aquí estoy bien atendida». Y, dándose la vuelta, comenzó a roncar de inmediato, sin duda ajena todo lo que había estado sucediendo a su alrededor y también a la conversación mantenida con Paz.

Paz no sabía qué hacer, eran casi las cinco de la mañana y no eran horas de llamar a nadie, pero por otra parte la información era muy valiosa, era algo nuevo que arrojaba la luz sobre la noche en la que murió su padre, así que decidió llamar a Alba y al ver que no respondía hizo lo propio llamando al inspector quien la citó a la mañana siguiente en la comisaría.

—Cuando te levantes, descansa tranquila —le había dicho el inspector.

32
¿Qué sucedió aquella noche?

A pesar de haberse separado y de la libidinosa vida que llevaba Philippe, había cosas que seguían haciendo juntos, no en vano había todavía negocios, muy boyantes, por cierto, de los que tratar y beneficios que repartirse. Por eso seguían manteniendo la costumbre de salir a cenar una vez por semana para ponerse al día. Antes lo hacían para disfrutar y desconectar un rato, pero con el tiempo y los acontecimientos, esas cenas se habían convertido en cenas de negocios con una periodicidad semanal como cualquier revista del corazón de las que más se venden en los quioscos.

Aquella noche no iba a ser menos, aunque, a juzgar por la actitud de Philippe, el sitio se las prometía. Un nuevo restaurante, lujoso, de esos con un pintoresco chef que más parece una estrella del *rock* que un cocinero. Situado en una zona cercana al complejo conocido como *la finca* en una de las más lujosas zonas de Madrid, donde residían artistas y deportistas de renombre y tenían sede algunas de las empresas más importantes.

Lucía, vestida de largo festivo, no salía de su asombro al ver la lujosa entrada del restaurante. Una pequeña escalinata con apenas cinco escalones iluminados todos ellos como si se tratara de la subida del teatro Kodak; mientras ascendía los peldaños tenía la sensación de que iba a recibir un óscar. «And the Oscar goes to...», reproducía en su imaginación mientras Philippe venia unos metros más atrás, se había entretenido en darle una jugosa propina al aparcacoches, la ocasión lo merecía.

La cena transcurrió sin sobresaltos, sin más conversación que la propia de estas ocasiones: estado de los negocios, beneficios, gastos…; lo normal en una cena de negocios. Así estaban ambos cuando llego el segundo plato y en la mesa apareció un cocinero, o al menos alguien que así vestía, un chaval joven, apenas contaba con veinte o veintiún años. Portaba dos cuchillos que, de encontrártele de esa guisa en un callejón, te habría dado un susto bastante importante. Con mucha destreza comenzó el espectáculo y trinchó los segundos, una carne y un pescado, en cuestión de pocos segundos. Lucía nunca había visto nada parecido o, al menos, nunca lo había visto en directo en su propia mesa. Un postre, un café y un chupito y un *gin-tonic* para terminar la sobremesa fue el final de la noche en el imperial restaurante al que habían ido a cenar aquella semana.

Todo cambió al volver a casa. Philippe comenzó a sentirse mal, revuelto como si hubiera comido algo en mal estado. Sin embargo, al contrario de lo que suele suceder en esos casos, no llegó a vomitar. Lucía notó cómo se enrojecía y, al ponerle la mano en la frente, apreció una calentura fuera de lo común, una fiebre alta, por lo que le sustituyó al volante y condujo hasta casa.

—Me tomaré algo para la fiebre y me echaré a dormir, verás como mañana me levanto como nuevo —le había dicho Philippe a Lucía antes de abrir la puerta de su casa.

Cuando Lucía se levantó a la mañana siguiente no había nadie en la casa de al lado, o al menos nadie contestó cuando llamó al timbre. Tampoco contestó nadie al teléfono de Philippe al que timbró varias veces a lo largo de la mañana. Se asomó por la ventana y vio que el coche, un flamante Lamborghini, no estaba en el patio, donde lo habían dejado la noche anterior. Esto tranquilizó bastante a Lucía, que pensó que Philippe estaría ya recuperado y estaba viviendo sus aventuras por ahí, o que había decidido ir por su propio pie a urgencias para que le viera algún médico. Nada le hizo suponer que no volvería a ver con vida a Philippe.

33
Sospechas

Sin duda, la forma en que Paz había tenido acceso a la información había sido, cuando menos, poco ortodoxa, por no decir que rallaba la ilegalidad salvo por un pequeño detalle: Paz no era policía y tampoco había presionado ni coaccionado a su madre para que le diera la información, sencillamente había hecho alguna pregunta, más o menos malintencionada, y su interlocutora había contestado sin más. Que la entrevistada estuviera dormida o al menos en un estado de letargo producido por las medicinas era un detalle sin importancia porque, de todos modos, tampoco había sido una confesión del crimen, sencillamente la narración de una pequeña secuencia de la noche anterior a la muerte de Philippe.

En estos pensamientos andaba metida la cabeza del inspector Goycoechea cuando entró Alba al despacho. Nerviosa y con cara de circunstancias no sabía qué decir, tenía la sensación de haber fallado a su jefe a las primeras de cambio. Revoloteaba por el despacho de acá para allá como el estudiante que espera la nota del examen en el que ha ido justito de conocimientos.

—¡Te quieres estar quieta y sentarte! —ordenó el inspector.

Estaba bastante cansado y con sueño, Paz le había despertado sobresaltado por el sonido del móvil y no había vuelto a conciliar el sueño.

Alba se sentó, por fin, en la silla del despacho frente al inspector, que le fue narrando todo lo acontecido y las conclusiones que había sacado en su desvelo de la noche anterior. No eran muchas ni seguramente tampoco serían certeras, pero bueno…, sentía esa necesidad de exteriorizarlas.

La joven policía escuchó muy atenta cuanto le iba diciendo su jefe. Evidentemente, aquello daba algo de luz sobre una parte de lo que le ocurrió a Philippe horas antes de su muerte y simulación de asesinato, pero poco más. No desvelaba, aunque se podía intuir, la causa de la muerte ni tampoco quién llevó el cadáver hasta donde estaba ni, mucho menos, quién le disparó después de haber muerto. Todo seguían siendo incógnitas.

Al rato llegó Paz.

—Buenos días, perdonad la espera. Necesito ir a nuestra casa —el saludo fue contundente.

La casa de Arturo Soria estaba precintada y custodiada desde la noche en que había muerto el hermano de Paz y para entrar allí solo tenían autorización el juez del caso y el inspector Goycoechea como investigador de este.

El inspector se encogió de hombros y contestó:

—Bonito saludo después del susto que me diste anoche. ¿A qué se supone que tenemos que ir allí?

—Perdonad, de verdad, estaba muy nerviosa y no sabía qué hacer —alegó Paz.

—Hiciste bien, no te preocupes —dijo Alba.

—Nos ha jodido que hizo bien, sobre todo porque tú tenías el móvil apagado —añadió el inspector en un tono más jocoso—. Y volviendo al tema que nos ocupa… —No le dio tiempo a volver a preguntar.

—Mi madre tiene la costumbre de guardar todos y cada uno de los tiques de las cuentas allá donde va durante al menos cuatro años…, costumbres de economistas, supongo. —Paz hablaba mientras los dos policías se miraban con cara de póker—. Si vamos a casa y conseguimos encontrar el tique de la cena podremos ver que comieron, quizá mi padre muriera intoxicado —dijo Paz bastante segura de su afirmación.

—No tiene mucho sentido porque lo habrían visto en la autopsia, pero bueno… al fin y al cabo no tenemos nada a lo que agarrarnos. —Goycoechea estaba resignado a jubilarse sin resolver este último caso.

Salieron de la comisaría, cabizbajos y en silencio. No tenían ninguna esperanza de encontrar en esa casa nada que mereciera la pena. La casa había sido registrada ya en varias ocasiones y no se había encontrado nada que pudiera inducir a pensar el motivo de toda aquella película en tiempo real que estaban viviendo, no obstante, no tenían otra cosa y cualquier detalle por pequeño que este fuera podría ser determinante.

Cuando iban de camino sonó el teléfono de Alba, que no lo cogió, pero quien fuera que llamara insistía una y otra vez. Alba descolgó.

—Dígame, ¡¿quién coño es con tanta prisa?! —espetó con tono de pocos amigos.

—Soy el vigilante de la estación, el que las sacó del ascensor, ¿podemos vernos?

—Lo siento, pero tengo novio —contestó Alba con tono de pocos amigos y colgó.

El inspector le lanzó una mirada entre sorprendido y asustado por la mala leche que gastaba su nueva compañera.

Volvió a sonar el teléfono una y otra vez hasta que Alba volvió a descolgar.

—¿Se puede saber qué coño quieres?

—¿Y se puede saber qué coño le pasa a usted? —El agente de seguridad privada subió el tono enfadado—. Estoy llamando porque necesito verlos a usted y al inspector cuanto antes, tengo algo que les puede ayudar, creo que bastante.

—Perdona —dijo Alba—. Este caso me tiene fuera de mí y a veces pierdo los papeles. Pásate por la comisaría esta tarde cuando acabes el turno.

—Vaya, para tener novio tienes bien controlado cuándo me toca trabajar. Allí estaré —confirmó el vigilante.

La conversación hizo que Alba se llevara un pequeño rapapolvo por parte de Goycoechea, no en vano los vigilantes de seguridad son los ojos de la policía donde estos no están, y muchas veces, como en esta ocasión, son de gran ayuda.

Parecía que los astros se alineaban con la resolución del caso, aunque el inspector seguía sin dar un duro por conseguir resolverlo.

Mientras todo esto sucedía, llegaron a la pequeña mansión de Arturo Soria.

34
Otra vez la casa

Solo Paz tenía claro lo que iban a buscar a la casa de Philippe, precintada y custodiada desde el día de la muerte de su propietario, así que Goycoechea decidió volver a la comisaría, tenía prisa por entrevistarse con el vigilante y ver que les podía aportar que no supieran ya.

—Por favor, tened mucho cuidado, usad guantes y no mováis nada más que lo imprescindible —les había dicho a las chicas antes de irse.

Alba y Paz entraron en la casa siguiendo a pies juntillas las instrucciones que les había dado el inspector. Guantes y protección en las suelas de los zapatos para no modificar nada del interior. Paz sintió cómo se le encogía el estómago al franquear la puerta, en esa casa había sido muy feliz y ahora estaba viviendo uno de los momentos más duros e increíbles de su vida. Subieron por la escalera con sumo cuidado hasta llegar al despacho donde empezaron a buscar, carpeta por carpeta, cajón por cajón, estante por estante… El resultado fue contundente y desesperante a la vez: nada.

Siguieron buscando por el resto de la casa, todas las estancias, puertas y armarios fueron minuciosamente registrados. Nada.

Aparecieron tiques de muchos sitios y cosas, desde una gorra de beisbol de marca impronunciable hasta una vajilla comprada en Ikea por un módico precio, pero nada del tique de la cena. De hecho, había tiques de cenas y comidas por doquier, pero ninguno se correspondía con la fecha ni con la cantidad ni con lo consumido aquella noche.

Pasaron varias horas deambulando por toda la casa, buscando minuciosamente con un solo resultado: nada. Pero algo les estaba diciendo que en un sitio o en otro tenía que estar lo que buscaban, no debían desesperar, quizá tuvieran que volver otro día. Fue entonces cuando sonó el teléfono de Alba.

—Buscad el coche, el Lamborghini. Creo que lo tenemos.

Al oír estas palabras, Alba conectó el altavoz del móvil para que Paz pudiera oír la conversación.

—Inspector, estoy con Paz, he puesto el manos libres —dijo Alba.

—Os he enviado al doctor Cheng y a Lorena para allá, irán también algunas patrullas. Buscad el Lamborghini y no toquéis nada, los forenses lo harán. ¿Habéis encontrado algo?

—No —dijo Alba muy decepcionada—, desgraciadamente no hemos encontrado lo que buscamos.

—No te preocupes, voy para allá y ahora te cuento.

Alba y Paz se miraron, sabían que el Lamborghini estaba aparcado en el patio de la casa, allí se quedó el día en que Cheng les salvó la vida. Entonces Alba cayó en la cuenta:

—Pero… ¿no ha dicho Lucía que el coche no estaba aquí?

—Eso me pareció oír —contestó Paz—. Pero no te fíes porque ya no sé si lo que oigo y veo es verdad o es producto de mi imaginación.

—Tranquila, Uri Geller, es todo real, por suerte o por desgracia.

Dicho eso, ambas se dirigieron al jardín a la zona del porche donde estaba aparcado el Lamborghini, aparentemente, no había nada raro en el vehículo, pero tampoco lo podían asegurar, las lunas traseras estaban tintadas y desde fuera apenas se veía el interior y en la parte de delante no había nada. Parecía ser el sino de aquel día, todo conducía a la nada, al menos a ellas dos porque el inspector estaba muy seguro de haber encontrado algo. Alba se reconcomía en sus entrañas de envidia, el inspector había descubierto lo que allí estaba pasando antes que ella, su orgullo estaba malherido. «De todas formas —pensó—, somos un equipo y no habría descubierto nada sin la ayuda del resto».

—Alba —sonó una voz al fondo.

—¡Chuchi! —dijo Alba sintiéndose aliviada, mientras le abrazada y le daba un beso de bienvenida.

—Cielo…, que estamos currando —dijo él mientras le guiñaba un ojo y se ruborizaba.

Abrieron el coche y… un mono de obrero, limpio en el asiento de atrás. Alba y Paz se quedaron boquiabiertas mirándose una a la otra. No sabían qué decir ni qué hacer, pero ese mono de trabajo en un coche como aquel pegaba lo mismo que un cerdo en un partido de baloncesto.

—Esto es lo que buscaba —dijo el doctor Cheng, Chuchi para los amigos, ante la mirada incrédula de las dos chicas—. Voy a llevárselo a la jefa —añadió mientras lo metía cuidadosamente en una bolsa y lo precintaba.

Al cabo de unos minutos apareció Goycoechea, al que pusieron al día en cuanto se bajó del coche. Sin más dilación el inspector ordenó:

—A primera hora mañana en la comisaría.

Marcharon cada uno a su casa para descansar, unos en un mar de dudas y otros con la seguridad de haber resuelto el caso.

35
Lo que sabía el vigilante

Cuando comenzó en el oficio de vigilante de seguridad, alguien le enseñó que lo importante era poder contestar a las preguntas que te hicieran, tener las espaldas cubiertas. Digamos que no era tan importante lo que pasara, sino saber qué estaba pasando: «Nadie te dirá nada si roban en tu servicio, pero si tendrás problemas si no te enteras de que han robado». Desde el minuto uno en que comenzó en su trabajo aplicó esa máxima hasta llegar incluso a extralimitarse en sus funciones.

Extremadamente celoso de su trabajo y muy metódico, además de su informe de trabajo diario, solía llevar una libreta donde apuntaba la fecha, la hora y todo aquello que le resultaba fuera de lugar. Cualquier cosa extraña que no estuviera donde debía de estar o que no concordase con la realidad que lo rodeaba. Aquello sin duda lo era.

El día de la simulación del asesinato de Philippe había visto algo que le había llamado la atención. Un obrero con un carro de cargar cajas o cualquier otro material pesado había subido por el ascensor de la salida del Conde de Toreno, justo donde el vigilante había salido a echarse un cigarro, en la estación de Plaza de España, donde prestaba su servicio. Nada raro en su actitud, pero sí en su indumentaria, algo que llamó la atención del vigilante de seguridad hasta el punto de que decidió seguirle de forma muy cautelosa aun abandonando por momentos las inmediaciones de la estación donde trabajaba.

Lo que llamó su atención no fue otra cosa que los zapatos, un albañil con unos zapatos castellanos acharolados y perfectamente limpios no se veía muy a menudo. Además, el carro y el mono que llevaban eran totalmente nuevos, no tenían ni una mota de polvo y estar en una obra sin ensuciarse, pues es bastante complicado.

Siguiendo al extraño obrero con zapatos, vio que entraba en un bar del que nunca salió. Durante más de media hora estuvo esperando discretamente en la salida del ascensor, pero nadie había salido del bar con la extraña indumentaria, quizá podía haberse cambiado o quizá haber advertido a su perseguidor y, sencillamente, haber hecho tiempo hasta que se hubiera tenido que ir, en definitiva, no podría estar vigilándole eternamente.

—¿Por qué no me dijo nada antes? —le preguntó el inspector.

—Sencillamente, no lo asocié, de hecho, ni me acordaba. Lo anoté y al ver mis apuntes he visto que todo puede coincidir.

—Quizá no tenga nada que ver…, pero parece que lo tenemos.

El inspector conocía la zona como la palma de su mano y ya estaba recorriendo todas y cada una de las cámaras de seguridad que pudiera haber por la zona. Sin duda, en la esquina con la Gran Vía había una cámara, en el cajero de una sucursal bancaria, por la que se veían todos y cada uno de los coches que por ahí pasaban. Quizá eso les pudiera servir de ayuda además de las cámaras de seguridad de la estación. A nadie se le había ocurrido revisarlas, pero el acceso que descubrieron cuando se quedaron en el ascensor hacía prudente mirar esas imágenes.

36
Las cámaras de seguridad

A la mañana siguiente se reunieron todos en el despacho de Goycoechea. Allí estaban Emma (o Aránzazu), Alba, Paz, el vigilante de seguridad y el propio inspector. Delante de ellos había tres ordenadores portátiles bastante obsoletos, antiguos pero que hacían su función; para lo único que se utilizaban era para visualizar las grabaciones de las cámaras de seguridad cuando era necesario.

—Yo miraré las de la sucursal de la esquina con el vigilante y vosotras las del ascensor y el metro, ¿estamos? —ordenó el inspector a los allí presentes.

—Estamos —contestó Alba—. Ante cualquier cosa que veamos, paramos y analizamos entre todos lo que se haya visto.

Se concentraron cada uno en lo suyo, desde dos horas antes de la hora que había señalado el vigilante como que había salido el sospechoso por el ascensor. Fotograma a fotograma y segundo a segundo, fueron mirando cada minuto y asegurándose de todo lo que había pasado. De repente, el inspector dio una señal: «¡¡Para, para, para!! Atrás, por favor, atrás».

El vigilante manejaba la grabación con la destreza de un profesional. Siguiendo las órdenes recibidas, retrocedió un par de minutos y volvió a avanzar y así varias veces. Por la esquina de la

Gran Vía, girando hacia la calle Reyes, vio un coche deportivo. Con la grabación no podía asegurar qué coche era, pero parecía el Lamborghini de Philippe. Paz lo confirmó.

En ese momento la versión de Lucía cobraba consistencia, el coche no podía estar en el patio de la casa si estaba en Gran Vía. El coche tenía que haber aparcado en el tramo entre la sucursal bancaria y el ascensor del metro, porque por la cámara del metro no se le había visto pasar.

—Algo no cuadra —dijo al rato el inspector.

Y así era, habían pasado más de media hora desde que había pasado el coche y nadie había bajado ni subido por el ascensor, al menos nadie que se pareciera al individuo que estaban buscando. Tampoco se veía nada en el tramo de la calle que tenían controlado. De repente el inspector vio algo.

—Parad —ordenó—. Id todos a tomar un café, nos quedamos Alba y yo.

Nadie sabía qué pasaba o qué había visto en su grabación, se limitaron a obedecer la orden sin rechistar. Alba, tan sorprendida como el resto, no acertó a preguntar nada hasta que salieron todos por la puerta.

—Antes de que me preguntes, ven, quiero que veas algo.

Allí estaba, en el cajero automático, sacando dinero, al menos con tres tarjetas distintas. Aquello no tenía sentido al menos de momento… Unos minutos después cobraron todo el sentido. Dejaron entonces de lado la cámara del banco para centrarse en la del ascensor y el pasillo del metro, quizá ahí estaría la clave.

—Pero… ¿qué coño? —dijo Alba tan sorprendida como el inspector y que ahora entendía por qué debían estar solos.

El individuo junto con otra persona había entrado en el ascensor. Ahí estaba el mono, el carro, el saco… todo lo que les traía de cabeza. Por fin se juntaban las piezas. Al rato, tal y como dijo el vigilante, abandonaba el lugar el hombre del mono, un desconocido al que nadie había mencionado durante el caso y al que nunca antes habían visto. Ni rastro de la persona que lo acompañaba. Hay que seguir buscando, en algún momento tiene que salir.

Estaba claro que habían dejado el cuerpo de Philippe en la coctelería a través de la antigua estación porque habían entrado en el ascensor, pero nunca habían llegado a entrar en el metro.

—Quizá Paz conozca a este pájaro —sugirió Alba.

—Seguro que sí, pero no le digas nada más.

Mientras esto ocurría, el doctor Cheng y su jefa, Lorena, llegaban al despacho de Goycoechea.

Alba imprimió la foto del individuo del mono y se la mostró en un despacho contiguo a Paz. Paz demudó el semblante y se quedó blanca como una pared andaluza en primavera. Por su gesto, Alba dedujo que sí lo conocía.

—Es Dimitri.

—¿Quién? —dijo Alba.

—Dimitri es un amigo de mi padre al que llamaba para ir a cobrar cuando sentía que alguien le tomaba el pelo. Digamos que se dedicaba a amenazar a la gente, pero hasta la fecha y que yo sepa nunca había necesitado la violencia. ¿Creen que mató a mi padre?

—Vayamos al despacho del inspector —fue la contestación de Alba.

Cuando entraron en el despacho se encontraron al doctor Cheng a Lorena y al inspector en plena charla, los forenses tenían un nuevo informe sobre la mesa y se les veía cara de satisfacción.

—¿Mató Dimitri a mi padre? —preguntó Paz con lágrimas en los ojos.

—No —contestó Lorena—. Encontramos el tique de la cena en el bolsillo del mono junto con unas llaves. Había cenado pez globo y sin duda el que se lo limpió no sabía hacerlo bien, porque dejó algo de restos del veneno que es capaz de generar. Tu padre murió intoxicado tal y como habíamos imaginado al principio.

—¿Están seguros de eso? —continuaba preguntando Paz.

—Sí —dijo muy segura de sus conclusiones la doctora—. En el tique había restos de la toxina, sin duda por haberla tocado con las manos porque era una cantidad irrisoria. La causa de la muerte y la forma en que murió es concluyente: intoxicación.

—Pero… entonces —Paz solo balbuceaba—, ¿los disparos?

Alba le hizo un gesto a Paz para que se sentara junto a ella, delante del ordenador, y comenzó a enseñarle unas imágenes, las mismas imágenes que una hora antes habían analizado ella misma y el inspector.

Paz no salía de su asombro y las lágrimas caían por sus mejillas, aquello le superaba y no era para menos. Primero sacando cantidades ingentes de dinero, sin duda para pagar a Dimitri, y después entraban juntos en el ascensor. Dentro del ascensor, Lucía ya llevaba unos guantes puestos y parecía preguntarle a Dimitri cómo funcionaba el revólver que había sacado del bolso. Nadie oiría los disparos porque el ruido del metro, el bullicio de la gente y la lejanía de donde se producirían impedían que ningún ruido se oyera desde el exterior.

Siguieron viendo la grabación. Dimitri salía solo, vestido tal y como había descrito el vigilante que luego le perdió la pista. En el bar donde había entrado se había cambiado de indumentaria y la había dejado en el Lamborghini, seguramente Lucía pretendía deshacerse del mono, el tique y las llaves, pero los hechos se habían precipitado y no le había dado tiempo a hacerlo.

Aproximadamente una hora después se veía salir a Lucía por la salida contraria, la que da a la calle Leganitos para cruzar por el exterior, coger el coche e irse con él. Las grabaciones no mentían.

Paz lloraba desconsolada mientras el inspector, satisfecho, ordenaba ir al hospital para custodiar y detener a Lucía. El tal Dimitri resultó ser un viejo conocido y estaba fuera del país, como es lógico en estos profesionales, por lo que de momento no se le pudo detener.

—Buen trabajo, chicos —felicitó a todos el inspector, mientras Alba ofrecía una infusión a Paz, que esta aceptó con la resignación propia de alguien abatido ante unos trágicos hechos inesperados.

37
La confesión

Habían pasado ya algunos días desde que Alba y el inspector descubrieran lo sucedido a Philippe y, aunque ese asunto concreto estaba resuelto, aún faltaban flecos por concluir, detalles que no concordaban. Aún no sabían qué tenía que ver el hermano de Paz en todo esto ni por qué habían secuestrado a Emma ni mucho menos la intención de Lucía cuando había disparado a Philippe, de hecho, tampoco estaban seguros de que hubiera sido Lucía la autora de los disparos. Todas las pruebas llevaban a dar como cierta esa opción, pero nadie lo había visto.

Entre tanto, Paz seguía visitando a su madre, resignada y sabiendo que, a pesar de todo, seguía siendo su madre. No paraba de hacerse preguntas, alguna de ellas quizá sin respuesta, pero su inquietud principal era la posibilidad de que su madre tuviera la intención de asesinarla. Ya nada era imposible y ese pensamiento rondaba la cabeza de Paz, que no conseguía deshacerse de él.

Lucía, por su parte, permanecía aún en el hospital, ya muy recuperada, totalmente consciente y con dos policías en la puerta de su habitación que controlaban las visitas que recibía y todos los movimientos que hacía tanto dentro como fuera de la habitación, porque ya los médicos permitían que paseara por los pasillos del hospital.

Paz informaba de cada avance a Alba para que consideraran la posibilidad de interrogarla o bien siguieran esperando a que se recuperara por completo. Todos estaban superados por la situación y querían terminar con aquello cuanto antes.

Aquella mañana estaban tomando café en el despacho del inspector las tres chicas (Alba, Aránzazu y Paz) cuando un individuo llamó a la puerta del despacho y preguntó por Goycoechea.

—No está ahora mismo —dijo Alba—. Si puedo ayudarle en algo; soy su ayudante.

—Me han hablado de usted —contestó el individuo—. Verá usted, soy Filiberto Rodríguez— Alba no pudo evitar sonreír al oír el nombre de su interlocutor, que continuó hablando—, abogado de doña... —No le dio tiempo a terminar la frase.

—Fil —dijo Paz—. ¿Qué haces aquí?

—¡Niña! —dijo el tal Fil con gesto tan sorprendido como alegre—. ¿Qué haces tú aquí?

—He venido a ver a la inspectora para ver cómo va el asunto de mi padre. Además, hemos hecho amistad... ¿Y tú? —preguntó, aunque no dejó que respondiera, porque de inmediato se dirigió a la agente—: Alba, Fil es nuestro abogado, el abogado de la familia.

—Encantada.

—Igualmente —dijo el tal Fil—. Ahora que nos han presentado, vengo a entregarles esto de parte de mi clienta. —El abogado extendió la mano y entregó a Alba un *pendrive*.

—¿Qué se supone que tiene? —preguntó Alba.

—Sinceramente, no lo sé, me pidió que no lo escuchara y tampoco me pidió consejo a la hora de introducir el contenido —dijo el abogado.

El abogado salió del despacho y en él quedaron las tres chicas: Aránzazu, que no había abierto la boca, y Paz y Alba mirándose tan sorprendidas como deseosas de saber lo que contenía el dispositivo que acababan de entregarles.

Sin dudar, Alba introdujo el dispositivo en el ordenador del despacho y, de inmediato, se abrió un archivo de audio. Tras analizarlo, paso obligado tras un ciberataque sufrido meses antes, procedió a darle a reproducir. Lo que escucharon fue la voz de Lucía.

Tras una breve presentación con su nombre y su número de DNI, Lucía procedía a ir relatando los hechos del día en cuestión, empezando por la cena de la noche anterior. Fueron escuchando tranquilamente hasta que llegaron a la mañana del día siguiente, cuando Lucía se asomó al patio y vio que el Lamborghini no estaba en el jardín.

«La repentina intoxicación de Philippe estaba facilitando mucho las cosas, eso evitaba ningún tipo de forcejeo ni resistencia, a veces la suerte se pone del lado del más débil.

»El Lamborghini ya no estaba en el jardín y eso era buena señal, todo estaba saliendo según lo previsto. Media hora antes, Dimitri había llegado a la casa y entrado sigilosamente con las llaves que yo misma le había facilitado. Así que sin más salí de casa y cogí un taxi para dirigirme al punto de encuentro, todo estaba bien calculado. Dimitri debía dejar a Philippe inmovilizado y dentro de un saco en el sitio convenido. Una vez allí lo sacaría del saco y yo haría el resto; matar a Philippe era cosa mía, llevaba años esperando ese momento. Sin embargo, cuando Dimitri lo liberó del interior del saco vimos que el cuerpo estaba inmóvil, lo toqué y aún estaba caliente, pero la sensación fue de una baja temperatura, Dimitri se fue y yo seguí con el plan establecido. Dos disparos en aquel lugar alejado y el tatuaje con el nombre de su furcia favorita: ¡Aquí acaba tu historia, cabrón de mierda!

»Salí y volví a casa con toda la tranquilidad, pero mi hijo quería más, quería matar a la furcia también y a Paz, mi otra hija, para quedarse con toda la fortuna familiar. Su avaricia no tenía fin, gastaba mucho en juego y en putas y eso le había borrado la mente. Se había vuelto egoísta, un psicópata. Me daba somníferos y tranquilizantes que me ponía en las bebidas para anular mi percepción y así hizo que implicara a Richard y que secuestrara a Emma. Gracias a Dios, aparecieron ustedes aquel día en mi casa y pudieron salvar la vida de mi hija y de la furcia esa que, al fin y al cabo, no tenía la culpa de nada. Perdí a mi hijo, pero quizá así salvé, gracias a ustedes, la fortuna que tanto trabajo nos había costado conseguir.

»Toda la culpa de lo ocurrido es mía y solo mía, nadie más es culpable de lo sucedido.

»Esa es la verdad de todo lo ocurrido y ahora solo les pido que la justicia actúe y hagan conmigo lo que tengan que hacer».

Aquella grabación hizo llorar a las tres chicas. De inmediato, Alba se la entregó al inspector, que estaba entrando en ese momento por la puerta, la enviaron al juzgado correspondiente y el caso se dio por cerrado.

De como acabó todo

Habían pasado ya unos meses y todos nuestros protagonistas habían vuelto ya a sus habituales vidas, ya cada uno con los cambios que la situación había propiciado.

A Lucía la internaron en un psiquiátrico, en el juicio se dictaminó que sufría un trastorno paranoico y que podía ser peligroso dejarla en total libertad, por lo que se ordenó un tratamiento. En cuanto a la muerte de Philippe, su abogado, Fil, defendió que cuando había disparado Philippe ya estaba muerto y que, por lo tanto, no se podía volver a matar a un muerto. Le funcionó bastante bien ante la incredulidad de todos los presentes y no se le culpó de la muerte de Philippe, aunque sí por otros delitos.

Richard salió milagrosamente absuelto con la desinteresada colaboración del inspector, algunos informes se habían perdido por el camino y la declaración de Aránzazu, un poco manipulada también, habían servido para que el juez se hiciera el tonto y lo dejara en libertad. Podría volver a la costa del sol a disfrutar su jubilación junto con toda la colonia inglesa que hay por aquellos lares.

Aránzazu volvió a retomar sus estudios que iba sacando con más que dignidad: sin ser una estudiante ejemplar iba aprobando con bastante suficiencia. A la vez que estudiaba volvió a recuperar el personaje de Emma que tan pingües beneficios le daba, rezando, eso sí, para no volver a vivir otro episodio similar.

Por su parte, Paz había recibido, por una parte, la herencia de su padre, que no era poco y, además, el juez había declarado incapaz a Lucía y Paz era quien debía administrarle sus bienes hasta que recuperara la cordura, si es que eso sucedía algún día. Mucha responsabilidad que supo afrontar con madurez e hizo que los negocios de su familia siguieran funcionando a pleno rendimiento.

Nuestros protagonistas, Alba y Goycoechea, volvieron a la monótona vida de la comisaría. Algunas patrullas y algún caso de poca relevancia fueron sucediéndose, aunque nuestro inspector tenía la cabeza más puesta en su inminente jubilación que en el resto de las cosas, mientras que Alba tenía la cabeza más bien puesta en Chuchi, ese joven forense medio español medio japonés, desgarbado y con los dedos como espárragos que tanta gracia le habían hecho la primera vez que los vio.

No habían podido detener a Dimitri, un sicario profesional buscado por la justicia de media Europa. Había abandonado el país el mismo día en que había muerto Philippe con destino a Venezuela y allí se le perdió la pista. Quizá en otra ocasión que se cruce en la vida de algún otro policía de cualquiera de los países donde se le busca se le pueda poner a buen recaudo.

Por su parte, la coctelería quedó definitivamente cerrada. Nunca nadie alquiló el local hasta que hace unos pocos meses el edificio donde se encontraba fue derruido para construir pisos y quien sabe si algún local comercial donde una nueva coctelería reviva sus mejores años.

Epílogo

Una de las cosas que había dejado Philippe en su herencia era el disfrute de uno de los palcos del Santiago Bernabéu. La leyenda urbana cuenta que en esos palcos y en los de la plaza de toros de las Ventas se hacen importantes negocios. Paz no sabía si era cierto o no, pero lo que sí tenía claro es que invitar a sus compañeros de esta aventura a ver desde allí un partido mientras *gocheaban* un buen jamón y otras viandas acompañados del mejor vino sería una buena idea.

Así que allí los juntó a todos: Alba, Goycoechea, Chuchi, Lorena y Aránzazu. Esta última era conocida por allí con el nombre de Emma y era la primera vez que iba en su propio nombre.

El partido era lo de menos, entre otras cosas, porque ninguno de los allí presentes era especialmente aficionado al fútbol.

—La verdad, en estas timbas echo de menos a Richard —dijo el inspector.

—Juro que lo llamé, pero no ha querido venir —contestó Paz.

Y era cierto, unos días antes Paz se había puesto en contacto con Richard que se encontraba en una playa de la costa del sol, para un inglés siempre era día de playa cuando asomaba un poco el sol aunque hubiera dos grados de temperatura. Richard había declinado cortésmente la invitación; quién sabe si por falta de ganas o por vergüenza torera, sabía que debería estar en la cárcel y que así sería de no ser por la ayuda de la jovencita que le estaba haciendo aquella invitación y por la pericia falsificando y perdiendo pruebas del inspector.

Risas, comida, vino, anécdotas…; estaban pasando un buen rato. «El mejor rato desde que llegué a Madrid», pensaba Alba.

Fue entonces cuando llamaron a la puerta. Al mirar hacia allí vieron a un vigilante de seguridad, el custodio del palco que agitaba un sobre. Inmediatamente uno de los camareros se acercó a abrir.

—Inspectores Goycoechea y Garrido —dijo el vigilante.

—Sí —dijo Alba—, nosotros.

—Un compañero suyo me dejó este sobre para ustedes y me insistió mucho en que se lo entregara en mano de forma urgente.

Abrió Goycoechea el sobre y pudo ver la letra caligráfica del comisario. «Este cabrón escribe como Cervantes», pensó.

La nota era escueta, concisa y concreta: «En cuanto vuelvan del permiso que tienen preséntense el primer día a primera hora en mi despacho».

Goycoechea la leyó en voz alta y suspiró: «Uff…, le estoy empezando a coger manía a este tío. Por el Cristo del Gran poder».

Todos rieron.

Notas del autor

Cuando decidí que quería escribir esta novela, sencillamente, no sabía por dónde empezar. Escribir un libro requiere de un arduo trabajo de documentación e investigación, algo que esta solo al alcance de aquellos escritores profesionales que ya han tenido algún éxito o que, de alguna forma, tienen el respaldo de las grandes editoriales.

No es mi caso, un escritor totalmente *amateur*, novato, pero con mucha ilusión. Además de ir escribiendo en los pocos ratos que me permiten mis obligaciones profesionales o estudiantiles, faceta esta última, la de estudiante, a la que me veo abocado ahora por no hacer caso a mi madre cuando era más joven. Errores de juventud lo llaman.

Así que, una vez sentado frente al ordenador, me dejé llevar a ver que iba saliendo y si lo que salía merecía la pena, sinceramente creo que sí, merece la pena. Mis vivencias en mi profesión la de vigilante de seguridad, mis compañeros, mis viajes, esos sitios de Madrid por los que he ido forjando mi personalidad a pesar de ser forastero, pero aquí se siente uno como en casa. Esa información retenida en mi cabeza y mi afición por la lectura, por Pérez-Reverte, por Gomez-Jurado y por Dan Brown han hecho que de mi teclado salga la obra que acaba usted, amigo lector, de terminar y que espero que le haya gustado.

Cuando lea estas líneas yo estaré ya trabajando en la segunda novela, y aunque no pretendo ganarme la vida con ello si me gustaría ganarme un sitio en la estantería de su casa o en su *e-book* para entretenerle un ratito de vez en cuando. De usted depende, amigo mío, cuántas aventuras más vivan nuestros protagonistas.

Quiero dar las gracias a todos los que me han apoyado hasta llegar hasta aquí, ellos saben quiénes son y así, sin mencionarlos, no corro el riesgo de que se me olvide alguno.

Especialmente gracias a Mari Paz por apoyarme a cada instante y animarme en todas mis andaduras.

www.ingramcontent.com/pod-product-compliance
Lightning Source LLC
Chambersburg PA
CBHW071745150726
47998CB00005B/1812